神探东川

钟颜峰　著

远方出版社

图书在版编目（CIP）数据

神探东川 / 钟颜峰著. — 呼和浩特：远方出版社，
2023.12
ISBN 978-7-5555-1987-4

Ⅰ. ①神… Ⅱ. ①钟… Ⅲ. ①短篇小说 – 小说集 – 中国 – 当代 Ⅳ. ①I247.7

中国国家版本馆 CIP 数据核字(2024)第 013789 号

神探东川
SHENTAN DONGCHUAN

著　　者	钟颜峰	
责任编辑	武舒波	
装帧设计	青年作家网	
出版发行	远方出版社	
社　　址	呼和浩特市乌兰察布东路 666 号　邮编 010010	
电　　话	(0471) 2236473 总编室　2236460 发行部	
经　　销	新华书店	
印　　刷	三河市双升印务有限公司	
开　　本	880 毫米×1230 毫米　1/32	
字　　数	250 千	
印　　张	9.625	
版　　次	2023 年 12 月第 1 版	
印　　次	2023 年 12 月第 1 次印刷	
标准书号	ISBN 978-7-5555-1987-4	
定　　价	68.00 元	

如发现印装质量问题，请与出版社联系调换

目　录

消失的爱人

舒桐是一个阳光女孩。

九月一日。

舒桐起了个大早。

她去市场买菜回来，就带着满满的幸福开始进行大扫除。

爸爸妈妈今天度假回来，舒桐准备向爸爸妈妈宣布一件人生喜事。

……

15:26，舒桐的爸爸妈妈走出闸口，却没有看见宝贝女儿。

舒桐爸爸笑着问道："桐宝儿是不是给我们准备了惊喜？"

舒桐妈妈想了想，笑着问道："那我们打她个措手不及怎么样？"

舒桐爸爸心领神会，拉起舒桐妈妈的手快步走出了机场。

17:05，舒桐爸爸妈妈分头检查完各个房间，在餐厅会合后，带着胜利的笑容击了一掌。

舒桐爸爸带着满满的自豪和骄傲，笑着说道："谁要是能娶到我们家桐宝儿，绝对是三生有幸！"

舒桐妈妈笑着说道："前提是什么样的人才能走进她的心里！"

舒桐爸爸用手捏起一片酱牛肉，扔进嘴里，一边嚼着一边点着头。

舒桐妈妈笑着轻轻打了一下舒桐爸爸再次伸出的手，笑着说道："不许再偷吃了！"

……

17:42，舒桐妈妈忍不住看了一眼墙上的水晶挂钟。

18:23，舒桐妈妈拨通了手机中一直排在第一位的号码。一阵再熟悉不过的铃声从舒桐的房间里传了出来。

舒桐爸爸立即快步走进舒桐的房间，拎出一个响着铃声的包交给舒桐妈妈。舒桐妈妈挂断电话，打开包，拿出了舒桐的手机。

舒桐爸爸皱了一下眉头，说道："怎么会忘带手机呢？"

舒桐妈妈快速检查了一下包，焦急地说道："不仅是手机，钥匙、钱包都没带！"

"车钥匙呢？"

舒桐妈妈从包里拿出车钥匙，轻轻放在了茶几上。舒桐爸爸立即拿起车钥匙去了地下停车场。

……

18:39，舒桐爸爸打开房门，对一直站在门口等着的舒桐妈妈说道："车子在！"

"这孩子，干什么去了呢？"

舒桐爸爸故作镇定地笑了笑，说道："有可能是同事或朋友突发急事……"

"那也不能不带手机呀！"

……

东川收拾完碗筷，坐在小院里陪着爸爸妈妈喝茶聊天。今天，一向淡然的东川一直紧握着手机，还不时地看上一眼。

19:00，东川轻轻皱了皱眉头，按照时间推算舒桐应该给自己发消息了。

东川妈妈笑着问道："川儿，你在等电话吗？"

东川甜甜地笑了。

"丰盛的晚餐，你最喜欢的衣服，川儿，什么喜事快告诉妈妈。"

东川看了一眼手机，咬了咬嘴唇说道："爸爸妈妈，理论上我已经结婚了。"

"什么？"东川爸爸惊讶地问道。

"川儿，理论上是什么意思？"东川妈妈的喜悦只展开了一半。

"妈妈，两年前我和一个女孩相爱了。"

"是那个叫蓝舒桐的支教女孩吗？"

东川轻轻地点了点头："舒桐离开之前，我们领取了结婚证。"

"今天是你和舒桐告知各自父母的日子？"东川爸爸瞬间明白了，开心地问道。

"也是我和舒桐相互守望的第一个时间节点。"

"儿子，恭喜你！"

"谢谢爸爸！"

……

21:00，东川怀着极其复杂的心情对爸爸妈妈说道："爸爸妈妈，我要去找舒桐。"

东川妈妈急忙去卧室里拿出一个小木盒和一张银行卡。

"川儿，这个小木盒里是你外婆留给妈妈的手镯；这张银行卡里是你交给妈妈的钱，还有一点儿是我和你爸爸攒的。"

东川只接过了小木盒，说道："妈妈，钱，我还有一点儿。"

东川妈妈满眼慈爱地说道："川儿，这些年是妈妈拖累了你。"

"妈妈，没有您就没有我！"

"川儿，去寻找你的爱情和生活吧！"

……

22:00，舒桐的爸爸妈妈实在等不下去了。

开始给所有能联系上的，认识舒桐的人打电话，探寻宝贝女儿的行踪。

22:31，舒桐妈妈万分焦急地说道："我们报警吧。"

舒桐爸爸冷静地分析道："上午 9:41 还收到了桐宝儿的信息。从我们回到家算起，不超过二十四小时，警察是不会立案的。而且也没有丝毫痕迹显示……"

"那怎么办，我们就只能等着吗？"舒桐妈妈说话的时候，双眼里噙满了担心的泪水。

舒桐爸爸勉强笑了一下说道："也许是桐宝儿的玩笑开得大了点儿！"

"桐宝儿一直都是乖巧懂事的孩子，尤其是支教回来……"

舒桐爸爸把舒桐妈妈轻轻地揽进怀里，安慰道："放心吧，桐宝儿一定是帮人去处理突发事件去了！"

……

东川和死党何力在高速公路上以 120 公里的时速一路狂奔了九个半小时。

在车站分手的时候，何力把一个信封递给东川，说道："小川儿，这点钱你先拿着。"

东川笑了笑，说道："大力，真的不用。"

"小川儿，这是我第一次看见你着急，我和你一起去吧！"

"大力，这算是我家庭内部的事情，我自己去解决。"

……

九月二日。

11:45，东川下了高铁。

12:37，东川敲开了舒桐家的门。

"叔叔您好，我叫夏东川。请原谅我冒昧登门，恳求您让我见一见舒桐！"

"你是……"舒桐爸爸看着眼前和自己女儿年龄相仿，穿着一条洗得发白的牛仔裤、一件短袖 T 恤、一双运动鞋，背着一个淡蓝色背包，一双眼睛特别明亮的东川愣了一下，"你是舒桐的……同事吗？"

东川一路绷紧的神经放松了许多:舒桐的爸爸不知道自己，那就说明舒桐还没有把事情告知父母。她没有给自己发送消息，也许是因为其他的事情。舒桐爸爸满脸满眼的疲惫，也许是舒桐家里发生了什么事情。

"叔叔，我算是舒桐的朋友。请问，舒桐在家吗？"

"快请进！"

东川站在门口没动，笑了笑问道："叔叔，能麻烦您帮我叫一下舒桐吗？"

"这……"

舒桐妈妈急忙走到门口，焦急地问道："你什么时候见过舒桐？"

舒桐妈妈的问话和满脸的泪痕让东川刚刚放松的神经瞬间绷紧了，立即问道："阿姨您好，舒桐不在家吗？"

舒桐爸爸急忙说道："东川，快请进。"

东川犹豫了一下，迈进一步，站在脚踏垫上，说道："叔叔，不好意思，您能给我找两个塑料袋吗？"

舒桐爸爸愣了一下，随即明白了塑料袋的用途，急忙拉起东川的左手说道："没关系的，快请到里面坐。"

东川用右手掏出手帕，擦了擦鞋底之后才跟着舒桐的爸爸妈妈走进了客厅。

坐下之后，东川从背包里拿出自己的身份证和秋桐县图书馆的工作证，一同递给舒桐妈妈，说道："阿姨，这是我的身份证和工作证。"

舒桐妈妈接过去，带着一点尴尬笑了笑，说道："真是不好意思，之前从来没听舒桐提起过你。"

东川轻轻笑了笑说道："我知道的。今天冒昧登门，就是想当面见一见舒桐。"

舒桐妈妈看完身份证和工作证顺手递给了舒桐爸爸，带着几分希望看着东川问道："东川，你最后一次看见舒桐是什么时间？"

"阿姨，我最后一次看见舒桐是两年前的昨天。"

"啊！"舒桐妈妈的语气里充满了失望。

东川瞬间感觉到了一丝不祥，立即问道："阿姨，舒桐……舒桐不在家吗？"

舒桐爸爸把身份证和工作证还给东川后，带着几分无奈笑了笑，说道："我和舒桐妈妈出去度假了，昨天回到家就一直没看见舒桐。"

"叔叔，您知道舒桐去哪儿了吗？我去找她。"

舒桐爸爸轻轻摇了摇头，说道："舒桐的电话在家里。"

东川脑海中原来被刻意过滤掉的、各种不好的猜测瞬间浮了出来。他犹豫了一下，说道：

"叔叔阿姨，我……我能不能……我能不能看一下……"东川实在是说不出口自己想要去查找舒桐突然离家的蛛丝马迹。

舒桐妈妈把东川的"能不能看一下"理解成了"看一下舒桐的个人物品"，一个陌生人竟然想要看自己宝贝女儿的个人物品！她立即用带着几分冷冷的语气问道："你和我们家舒桐很熟吗？"

东川当然能理解舒桐妈妈的想法和心情，轻声说道："叔叔阿姨，昨天是我和舒桐在两年前就约定好的时间节点。除非有不可抗力的因素发生，否则舒桐一定会给我消息的。"

"约定？是……"舒桐爸爸第一时间想到的就是关于爱的约定。

"是！无论您二位同意或反对，舒桐都一定会告诉我的。"

"这……"舒桐妈妈带着无限的惊讶和疑问看向了舒桐爸爸。

舒桐爸爸迅速整理了一下思路问道："你和舒桐一直保持着秘密联系吗？"

东川轻轻点了点头，说道："您最喜欢吃的是酱牛肉，舒桐一定为您做了酱牛肉，应该还有西芹百合、蒜蓉西蓝花、清蒸鲈鱼、盐水煮虾、凉拌紫甘蓝、青椒土豆丝和牛肉汤。"

舒桐爸爸带着无限的惊讶拉起东川走进了餐厅，舒桐妈妈也紧跟着走进了餐厅。长方形的餐桌上只摆着七道菜，没有牛肉汤。

舒桐妈妈立即开始核对餐桌上的菜品。

东川的目光盯着灶台上的一只炖锅，轻轻地说道："牛肉汤应该在锅里。"

舒桐爸爸立即走近灶台，右手打开锅盖，锅里是空的，已经被刷得干干净净，随即用左手拿起炖锅向东川展示了一下。

东川的心立即开始下沉，轻声问道："叔叔阿姨，您二位回到家后发现过异常吗？"

舒桐爸爸仔细地回想了一下，说道："绝对没有！"

"叔叔阿姨，我能不能看一下？"

舒桐妈妈对东川的疑问更浓了，迅速走到舒桐爸爸的身边，用警惕的眼神打量着东川。

东川轻轻笑了笑说道："阿姨，酱牛肉和西芹百合是叔叔爱吃的；蒜蓉西蓝花和清蒸鲈鱼是您爱吃的；盐水煮虾和凉拌紫甘蓝是舒桐爱吃的；青椒土豆丝是我爱吃的。"

自己的宝贝女儿居然为眼前这个其貌不扬的东川做了爱吃的菜！

如果锅里有牛肉汤那就每人两道菜，这个东川在宝贝女儿心中的地位至少是恋人！舒桐爸爸思忖片刻做出了决定，轻轻点了点头。

餐桌上七个餐盘摆得很整齐，但是菜品的位置却杂乱无章。舒桐和爸爸妈妈三个人的座位是习惯性固定的，酱牛肉和西芹百合应该是靠近舒桐爸爸座位的；蒜蓉西蓝花和清蒸鲈鱼应该是靠近舒桐妈妈座位的；餐盘里的酱牛肉虽然切得很薄很均匀，但是切得却不正，横向切断牛肉纤维方便咀嚼，口感也会更好。

基于这两点，东川基本可以判断：餐桌上的餐盘不是舒桐摆的，酱牛肉不是舒桐切的。因为摆对菜品的位置和切正酱牛肉一直是舒桐的习惯。尤其是菜品的摆放位置，绝对是舒桐和爸爸妈妈的小秘密。

东川的心沉到了底儿。

摆放整齐的餐盘和切得很薄、很均匀的酱牛肉足以证明了操作者的从容和充足的时间。如果自己收不到信息是一定会找来的，这点舒桐是坚信的……

东川不敢再往下想，看着舒桐爸爸说道："叔叔，舒桐应该是被迫离开家的。"

"你说什么？"

"叔叔阿姨，舒桐告诉过我您一家人吃饭时习惯性坐的位置，酱牛肉和西芹百合应该是靠近您的，蒜蓉西蓝花和清蒸鲈鱼应该是靠近阿姨的。还有，酱牛肉切得不正。舒桐告诉过我叔叔的牙齿不太好，横向切断牛肉的纤维更方便咀嚼。"

舒桐爸爸的眼神里立即充满了惊讶：一是，这个叫东川的年轻人只是随便看了看竟然发现了这么多问题；二是，这个东川竟然这么了解自己的宝贝女儿；三是，桐宝儿竟然这么关心自己。

"叔叔阿姨，您二位也许很难相信我和舒桐的关系，我们虽然相隔遥远，但是彼此日常的举动几乎都在对方的心里。"

舒桐妈妈带着无限的惊诧说道："但是，舒桐从来没有向我们提起过你！"

"阿姨，是我和舒桐约定好一直坚守秘密的，昨天就是我们公开秘密的时间节点。"

舒桐爸爸妈妈立即明白了宝贝女儿对度假时间严格规定的原因。

舒桐爸爸友好地笑了一下说道："东川，谢谢你对舒桐的关心。"

"叔叔阿姨，我坚信舒桐只要是在自由状态下就一定会想办法给我发送信息的。"

"你是说……"

"叔叔阿姨，舒桐最后给我发信息的时间是昨天上午 9:43，按照时间计算已经超过了二十四小时，报警吧！"

"这……"

"叔叔，以您家的条件，绑架的可能性是存在的。"

"东川，但是……"

舒桐爸爸的一位发小和两位老友都是警察，而且那位发小还是全国著名的刑侦专家，让警察帮忙找舒桐绝对不是问题。舒桐爸爸也不是不相信东川的推理，只是那些推理有点儿太离奇了。

"叔叔，舒桐的闺密俞墨在刑警队，她知道我的存在，可以找她帮忙。"

"东川，我们不知道俞墨的电话号码，我现在就和你去找俞墨。"

"叔叔，舒桐的电话里应该有俞墨的号码。"

舒桐妈妈立即去拿来了舒桐的手机,递给东川的时候说道："我和舒桐爸爸都不知道密码。"

"阿姨，我知道。"

东川接过手机，一边输入 11035 解开屏锁，一边说道："马里亚纳海沟的深度是 11034 米，我和舒桐推算在我们有生之年它的深度绝对不会超过 11035 米。"

舒桐妈妈的热泪瞬间涌了上来：宝贝女儿的手机密码在说明她和东川之间的爱比马里亚纳海沟还要深一点点！

……

13:03，东川用舒桐的手机拨通了俞墨的电话。

"大桐宝儿，怎么才给我打电话？"

"俞墨你好，我是东川。"

"啊！"

"俞墨，我现在在舒桐家里，我判断舒桐失踪了。"

"东川，你说什么？"

"俞墨，我想请你帮忙。"

"东川，我听你指挥。"

"俞墨，请你穿警服开警车来，可以吗？"

"我马上就去。"

……

13:37，身穿警服的俞墨敲开了舒桐家的门。

东川直接领着俞墨去餐厅简明扼要地说明了自己的判断依据。

"东川，我相信你，也相信你的判断。"俞墨转身对舒桐的爸爸妈妈说道，"叔叔阿姨，大桐宝儿给我讲过很多关于东川的事情，东川对大桐宝儿的爱是足以让任何女生羡慕的。大桐宝儿说东川是智者，也请你们相信东川。"

舒桐的爸爸妈妈不约而同地点了点头。

"东川，接下来怎么做？"

"俞墨，利用你的身份去物业查看一下监控录像。"

……

小区内的监控是全方位覆盖的，而且非常清晰。

九月一日。

5:32，舒桐穿着一身运动装出了家门。

7:02，舒桐提着大大小小的袋子打开了家门。

9:43，舒桐提着两只黑色塑料袋出门。

9:56，舒桐返回了家中。

10:23，一名物业的电力维修工人提着一只很大的工具箱敲开了舒桐家的门。

10:58，那名物业的电力维修工人空着双手离开了舒桐家。

13:09，一名物业的电力维修工人背着一个很大的双肩背包，背对着摄像头敲开了舒桐家的门。

14:32，那名电力维修工人背着大双肩背包、提着大工具箱离开了舒桐家。

16:47，小区内的监控系统全部暂时关闭，更换电源控制系统。

17:24，小区内的监控系统全部恢复正常。

进出舒桐家的电力维修工人名叫韩步云，当地人，35 岁，未婚，独居，性格比较内向，专业技能强，平时工作积极认真，是五个月前通过应聘进入物业电力班的。

东川在查看物业电力班工作记录时发现近三个月的时间内，小区内监控系统的电源控制系统时常发生小故障，每次都是韩步云快速维修好的，这次是因为无法再次维修才更换的。

俞墨对韩步云进行了简单的询问，没有发现任何疑点。

舒桐是因为家里的电路出现了故障，打电话到物业的。当时物业的记录是"室内电源插座没有电"。

韩步云第一次去舒桐家进行彻底检查后发现是室内部分电源控制空开故障。

韩步云当时建议更换整套室内电源控制空开，舒桐接受了韩步云的建议，并请韩步云帮忙去买电源控制空开。韩步云回到物业班后直接向当时的值班经理说明了用户的要求，得到值班经理的许可后韩步云离开小区乘坐公交车去了电料商店，在外面吃过午饭后才回到小区。

韩步云第二次去舒桐家，背的大双肩背包里装的就是所购买的整套室内电源控制空开。第二次离开的时候，韩步云把更换下来的室内电源控制空开装进大双肩背包带走了。

韩步云第二次离开舒桐家后没有直接回物业电力班，而是离开小区把从舒桐家更换下来的几个还能用的空开卖掉了。

俞墨在询问值班经理的时候，东川留意到了两个细节：第一，只有韩步云每次去处理故障的时候才会携带那只很大的工具箱；第二，在监控失效的时间内，小区的各进出门口都增加了值班警卫，同时还在小区内增加了巡逻警卫。

东川暗暗记下了韩步云的详细住址。

离开物业后，俞墨看了看手表对东川说道："韩步云第二次离开舒桐家的时间是 2:32 分，现在已经过了二十四小时。"

东川轻轻点了点头，问道："俞墨，你怎么看那三十七分钟的监控失效时间？"

俞墨无奈地说道："正常情况下,那是大桐宝儿自己离开家,离开小区的最合理时间。"

"俞墨,昨天是特殊的日子。"

"大桐宝儿对我说过'是给你名分的日子'。"

……

回到舒桐家,东川对舒桐的爸爸妈妈说道："叔叔阿姨,报警吧!"

舒桐爸爸犹豫了一下说道："如果……舒桐是被绑架的,那会不会……"

俞墨说道："叔叔,绑匪如果是为了钱……"

舒桐爸爸轻轻点了点头,拨通了自己发小的电话。

……

16:47,全国著名的刑侦专家——路汉生亲自带队对舒桐家进行详细勘察后,没有发现任何可疑的痕迹。楼上、楼下的邻居在九月一日当天也没有听见过任何可疑的声响。

……

20:00,东川告别了舒桐的爸爸妈妈,在附近的一家宾馆住下了。

九月三日。

东川在街边吃完早餐就进入了舒桐家的小区,在一座凉亭里坐下,静静地等待着。

……

17:00,东川拨通了俞墨的电话。

俞墨告诉东川，警方对物业的监控录像进行了全面查看，没有发现任何可疑之处；对九月一日当日值班的警卫全部进行了问询，没有发现任何可疑之处；去韩步云购买电源控制空开的电料商店进行了调查，韩步云说的都是真的，只是多收了舒桐五十元钱，三个还能用的空开卖了十二元钱；去舒桐的单位进行了调查，没有任何发现；对舒桐平日常联系的几个朋友进行了询问，也没有任何发现。

舒桐就好像是凭空消失了一样！

最后，俞墨在电话里说道："东川，有人在猜测舒桐是不是在逃避你。"

"绝对不会！"

"东川，目前的调查显示只有我知道你的存在，而且……"

"俞墨，我理解。在别人的眼里对比我和舒桐，我算是一只癞蛤蟆。"

"东川，我绝对没有这个意思，我相信大桐宝儿。"

"俞墨，我和舒桐两年前就领取了结婚证。"

"啊？"

"如果从财产的角度出发，舒桐失踪，我是最大的受益者。"

"大桐宝儿说的'给你名分'，就是要宣告你们已经结婚的事实吗？"

"是！九月一日是我和舒桐的结婚纪念日，我也是当天告诉我父母的。"

"东川，我相信你！"

"多谢!"

……

东川离开小区后直接去了商场，买了一身换洗的衣服和一顶鸭舌帽。

九月四日。

5:24，东川跟在几位老大姐的身后以小区大门口为起点开始了家庭采购之旅。小道儿消息的传播速度是最快的。

一路上，东川听到了三个版本的故事，其中一个版本的讲述者就住在舒桐家下两层。锁定目标后，东川从菜市场一直跟回了小区。进入小区后，两位老大姐没有直接回家，而是走进了附近的一座凉亭，两位老大姐在凉亭里一边择菜一边继续闲聊。

"……周六、周日可把我累坏了，里里外外收拾了两小天……"

"……我周六也收拾了一整天……"

"……也不知道楼上谁家的水龙头没关，足足淌了一个多小时，我当时正在洗衣服，从地漏里还飘出一股香味……"

"人家洗澡呢吧，现在年轻人洗个澡个把小时是正常的事儿，还用什么这个花浴那个香浴的……"

"哪有下午两点多洗澡的呀？"

"嗨，现在年轻人想什么时候洗就什么时候洗，我家的……"

……

两位老大姐择完菜，收拾好后就各自离开了。

东川去了昨天的凉亭，继续等待。

……

16:02，东川的手机响了，是俞墨打来的。

"俞墨你好。"

"东川，你现在在哪儿？"

"我在舒桐家的小区里。"

"东川，有人想见你。"

"是路汉生警官吗？"

"啊？是!"

"要我去哪儿？"

"我和路警官刚从舒桐家出来。"

"我过去迎你们。"

……

东川把俞墨和路汉生领进了自己等待的凉亭里。

俞墨先开口说道："东川，我们对韩步云进行了全面调查，去搜查了他的住处，没发现任何可疑之处。韩步云因为多收的五十元被开除了；我们也对你进行了调查……"

东川从口袋里取出一本结婚证递给了俞墨，说道："俞墨，我想继续保守这个秘密，请你和路警官做个见证。"

俞墨打开结婚证，里面还有一张东川亲笔写的声明。在声明中，东川放弃了因婚姻关系所应享受到的一切权利。

路汉生看完结婚证和一纸声明后，盯着东川说道："我们现在只能定义为一般的失踪案件。"

"路警官，我完全理解。"

俞墨折叠好一纸声明，夹在结婚证里，递还给东川。

"俞墨，请你帮我保存可以吗？"

"这……"

"俞墨，除了对舒桐的爱，其他一切……"东川轻轻地摇了摇头。

"东川，大桐宝儿的爸爸妈妈还不知道……"

"那就永远不让他们知道，可以吗？"

俞墨看了看路汉生，路汉生轻轻点了点头，说道："东川，你……"

东川坚定地说道："路警官，我会一直找下去，直到找到答案为止。"

"东川，像这样的案子，超过四十八小时之后……"

东川轻轻笑了笑，坚定地说道："希望是存在的！"

"东川，需要我帮你做什么？"

"路警官，我想要八月二十八日至九月三日能看见舒桐家和整栋楼的全部监控录像。"

"没问题。"

"路警官，我还需要一名熟悉案件的警官的联络方式。"

路汉生想了想，说道："你可以直接联系俞墨，我会全力配合她的。"

"路警官，多谢您了！"

……

20:17，俞墨敲开了东川住的宾馆的房门。

"东川，你要求的监控录像，我又增加了一些重要位置的监控录像。这台笔记本是我个人的，你可以随便用。"

"俞墨，多谢了！"

俞墨站在门口犹豫了一下，说道："东川，对韩步云的调查已经超出了正常范围，完全可以排除嫌疑了。"

东川认真地说道："俞墨，我只想找出真相。"

"东川，别让感情左右你的判断。"

"俞墨，舒桐的爸爸妈妈也是我调查的目标。再见！"东川说完关上了房门。

……

俞墨回到警局，第一时间向路汉生进行了汇报。

路汉生认真听完俞墨的汇报，点上了一根烟后缓缓地说道："去秋桐县调查的同事回来了。东川当年高考的分数超过了北大的录取线，为守护体弱多病的母亲，他选择了离家最近的、最好的大学。舒桐在秋桐县支教的两年，他就是舒桐的阳光和导师。两年的时间，他和舒桐翻新了一所小学。"

"师父，东川的嫌疑可以排除了吗？"

路汉生轻轻叹了口气，说道："按照已知的信息显示，东川是唯一能让舒桐什么都不带离开家的人。"

"师父……"

"同时我也认同东川的推断。"

"师父，这么说，东川的嫌疑还是远远大于韩步云？"

路汉生轻轻点了点头，问道："小俞，韩步云说在舒桐家的时候听到过手机铃声，但是舒桐没有接听。以你对舒桐的了解，这点合理吗？"

"师父，舒桐几乎从不接听陌生号码。尤其是九月一日那样重要的日子，以舒桐做事的专注劲头，那个时间段内能接听的电话绝对不会超过五个。"

……

东川不相信鬼神，更坚信舒桐不是外星人。舒桐被迫离开家一定是人力所为，是人力所为就一定会留下痕迹。

东川先找出九月一日的录像，从上午五点三十二分开始，一边看着录像一边在脑海里模拟舒桐的行动轨迹：

出门……离开小区……菜市场……选菜……付钱……回家……七点零二分打开家门……择菜、打扫……给自己发消息……九点四十三分出门丢垃圾……九点五十六分回到家中……洗菜、切菜、煮牛肉……电路故障……简单检查……给物业打电话……门铃响起、开门……简单介绍情况……看着韩步云检查电路……拿钱……十点五十八分送韩步云出门……吃午饭、简单休息……下午一点零九分听到门铃声……

画面里舒桐家门的打开过程突然吸引了东川：门先是打开了一条不足五厘米的小缝，大约一秒钟的停顿，之后门直接打开了五十几厘米，再后来是韩步云用右手扶着门边推开。

东川在脑海里模拟着：舒桐听见门铃声，走到门口，站在距离门大约五十厘米的位置通过猫眼确定是韩步云，然后开门打开一条不足五厘米的小缝，再继续推开……

这完全不合理：以舒桐的臂长推开一条五厘米的小缝完全能够做到，但是再继续推开五十几厘米就做不到了，除非舒桐向前走了一步。如果当时舒桐向前走了一步，那在录像里就应该能看到舒桐的部分肢体。

东川立即走到门口实际模拟了一下，以自己的身高和臂长也完全做不到不暴露部分肢体。只有两种合理的可能性：第一，是舒桐在打开门锁后，没有握着门把手推开门，而是向前推了一下；第二，不是舒桐开的门。

以舒桐待人的礼貌和习惯，东川否定了第一种可能性。第二种可能就是韩步云打开的门。

东川仔细观察录像中的韩步云：韩步云先走到舒桐家门的正前方半米左右的位置，按下了门铃。等了大约两秒钟后，两步走到了门的右侧，背对着监控摄像头，身体正好挡住了门锁的一边。韩步云在站定的同时双臂端了起来，不到两秒钟后门打开了一条小缝，大约一秒钟的停顿，门直接打开了五十几厘米，紧接着是韩步云用右手扶着门边继续推开。

东川看着画面计算起了时间：韩步云按完门铃后，正好过了五秒钟的时间门就打开了。舒桐不可能是一直在准备着去开门的。东川回忆了一下舒桐家客厅到门口的距离，舒桐听见门铃声，走到门口，从猫眼里确定一下来人再开门，五秒钟的时间太短了。

东川立即实际模拟了一遍：用时七秒钟，而且其中步行的距离仅仅约为四米远。

韩步云按完门铃后只等了大约两秒钟的时间。在这么短的时间内舒桐不可能通过猫眼确认韩步云，就算是舒桐当时正好在门口附近，时间也不够用。

韩步云的行为更无法让人理解，按完门铃后两秒钟就躲开了，除非……

东川立即重新专注观察韩步云肢体动作的每一个细节：韩步云从电梯里出来以后，右手是一直握着的，左手是一直张开的；按门铃是用的左手；用右手扶着门边推门的时候，左手是握着的。

东川仔细看过两遍后，走出房间实际模拟了一遍：如果韩步云的右手里攥着舒桐家的钥匙，用不到三秒钟的时间去开门，足够用了。而且，身体正好挡住了右手用钥匙开门的动作。

韩步云用钥匙打开门锁后先将门拉开了一条小缝……拔出钥匙不到一秒钟的停顿……右手再拉开一下门……把钥匙交到左手……再用右手扶着门边推开。

一切都合理了！

东川的心瞬间坠到了马里亚纳海沟的沟底。

因为，无论是韩步云背着的大双肩背包，还提着的大工具箱都绝对装不下完整的舒桐。

东川心痛得几乎无法呼吸，一步一步挪到窗边，缓缓地闭上眼睛，在脑海里梳理时间段和关联：从上午10:23到10:58分，35 分钟的时间，找机会去伤害毫无戒心的舒桐的时间足够了；

从下午 1:09 到 2:32 分，83 分钟的时间，用一个大双肩背包和一只大工具箱带走舒桐的时间足够了。东川又想起了那个老大姐说的，"也不知道楼上谁家的水龙头没关，足足淌了一个多小时，我当时正在洗衣服，从地漏里还飘出一股香味……"

东川不敢再去展开想象，泪水打湿了衣襟……

良久，东川才恢复过来。

按下俞墨电话号码的最后一位数字后，东川的手指停住了。

如果能用自己的生命去换舒桐的生命，东川会毫不犹豫且满心幸福地去换。

舒桐，我要亲手为你报仇！

九月五日。

8:12，东川去宾馆的前台退了房。

8:17，东川关掉了手机。

9:36，东川找到了韩步云的住址——城近郊韩家村东十二巷十七号。

东川沿着巷路转了一圈儿，家家几乎都一样：前后两排小二楼，前排小楼一楼中间的三分之一处开了大门。不同的是十七号后排小楼的背后有一道卷帘门，是东十三巷里唯一的一道卷帘门。

东川在巷口和几位慈善的老太太以租房为由开启了闲聊。

韩家村所在辖区的治安非常好，周边有三所大学。村民几乎都是住一半租一半，而且租金的形式非常灵活，月租、季租、年租都可以，很多大学生和年轻的打工一族都在韩家村租房。

房源供不应求。

东川渐渐地把话题引向了东十二巷十七号。

东十二巷十七号的男主人叫刘华东，是韩步云的父亲，当年是入赘韩家的，韩步云随了母姓。大约在七八年前，两位老人搬去了市中心环境好的小区。前面小楼一共五个房间，韩步云住了一间，其余四个房间都在出租中。后面的小楼租给了东洋商贸公司做仓库，但是东洋商贸公司很少来存取货物，只是偶尔在夜间听到过开启卷帘门的声音。

正在闲聊的时候，一位路过的老太太加了进来。巧合的是那位老太太家的其中一位房客刚刚搬走，更巧的是那位老太太家是东十二巷十八号。

东川立即跟着那位老太太去看了房。二楼中间的房间，将近二十平方米的长方形房间被隔成了南北两半，北一半是卧室，南一半是客厅，有一张单人床、两把椅子和一张木头桌子。

下楼的时候，东川看见两栋楼之间的小院里，一辆电动三轮车的后面停着一辆很酷的摩托车，随口赞道："真是一辆好摩托车！"

"那是邻居韩家小子的，让我帮忙照看的，听我儿子说这摩托车比一辆小轿车还贵呢！"

东川故意带着几分羡慕的语气说道："有钱人才买得起呀！"

"可不嘛，人家在市中心有好几个门市呢！"

东川引导了一句："那人家应该住豪华大别墅了。"

"老两口早就搬走了，就韩家小子一个人在这儿住，就是二楼挨着我家的那个房间。"

东川恭维了一句:"有您这样的高邻,真是太幸运了。"

房东老太太开心地笑了,说道:"我就是热心肠,韩家小子一出门就把这摩托车放在我家……好像是九月一日下午送过来的,以前最长时间在我家放过三个多月呢。"

"放那么长时间?"

"可不。"

"出门三个多月,那要是有租客搬走没付租金怎么办?"

"嗨,韩家有钱,韩家小子也大方,免收租客一个月、半个月的房租是常事儿。"

东川轻轻笑了笑,心里想:韩步云能免收租客一个月、半个月的房租,那多收舒桐五十元钱就是故意的。因为被开除所产生的嫌疑要远远小于主动辞职离开所产生的嫌疑。

"……说是住在家里他妈天天催他找对象。唉,现在的年轻人啊,都三十好几了也不着急找对象。"

"家里有钱,挑呗!"

房东老太太突然压低声音,神秘地说道:"我看是韩家小子心理有问题……"

……

每月三百元的租金,东川交了两个月的租金。房东老太太只是看了一眼东川的身份证,在挂历上记下租金到期的日子后,就把房门钥匙交给了东川。

东川在去购买寝具和洗漱用品的路上,正巧看见了东洋商贸公司的牌子，玻璃门上还贴着一张打印着"诚招送货员"的A4纸。

东川走进去以应聘送货员为由和经理聊了起来。经理在介绍实际工作的时候提到了一个仓库的位置，但不是韩家村东十二巷十七号。

东川在介绍自己住址的时候，故意说了一句题外话："我听邻居大娘说咱们公司在东十二巷十七号有一个仓库。"

经理想了想说道："韩家村，五年前确实在那儿租过一个仓库，但是只租了半年……"

……

10:25，俞墨拨打东川的手机，关机，随即拨通了宾馆的电话，得知东川已经退了房。

俞墨在心里对东川的怀疑又增加了一点点。

……

东川购买寝具和洗漱用品的时候，顺便买了两把剪刀、一大卷胶带和一支电击棒。回到出租屋后，他大张旗鼓地里里外外打扫了一遍，顺便把房东家的小院也打扫了一遍。房东老太太对东川的好感直线上升。

东川在打扫的过程中对韩步云所住的房间进行了仔细观察：东、北两面的窗户是完全打开的，都有纱窗；房间里有一张实木双人床、一组真皮沙发、一张实木茶几和一台饮水机，门口的鞋架上摆着三双一模一样的名牌运动鞋。

打扫完卫生后，电击棒也充满了电。东川拉上窗帘，拿自己实验了一下：一次电击至少十二秒钟后才能恢复反抗的能力。

下午，东川补了一大觉。

18:23，东川带上鸭舌帽离开了出租屋。

东川压低帽檐、低着头下楼的时候，瞄了一眼韩步云的房间：窗户依然开着，房间里没有人。在街边的小店里饱餐之后，东川开始围着东十二巷和东十三巷一边转悠一边留意着韩步云的房间和东十三巷里唯一的那道卷帘门。

夜渐渐深了，人群散尽了。

东川在隔着一条大马路的西十二巷的巷口，在路灯照射不到的暗处来回徘徊着，时刻远远地留意着进入东十二巷的人和韩步云房间的灯光变化，还有那道卷帘门。

……

天渐渐亮了，街上的行人渐渐多了，东川在附近的公园里躲过了上班的时间。

九月六日。

8:57，东川回到了出租屋。

韩步云的房间东、北两面的窗户依然开着，房间里没有人，也没有人回来过的痕迹。

18:30，东川离开出租屋，又开始了未知的等待。

……

俞墨拨打了东川的手机三次，一直是关机状态，拨打韩步云的手机，不到三秒钟就接通了。

俞墨如实向路汉生汇报了情况。

　　路汉生沉思了片刻说道："只是不太合情理而已！"

　　"师父，会不会是东川发现了什么，自己去追查了？"

　　"这种可能存在。"路汉生轻轻叹了口气，说道，"小俞，这件案子我们可能遇上了两个罕见的高手。"

　　……

　　九月七日。

　　凌晨 3:37，一辆白色小轿车缓缓驶进了东十三巷。

　　东川立即穿过马路，追到了东十三巷的巷口。

　　白色小轿车驶过那道卷帘门后稳稳停下，随即关闭了车灯。

　　东川贴着墙根儿悄悄地靠近……

　　卷帘门缓缓升起时的咔咔声的确大了些，在寂静的黑夜中尤为刺耳。

　　卷帘门完全打开后，小轿车上的人才下了车，头上也戴着一顶鸭舌帽。鸭舌帽先是警惕地看了看四周，之后才走到卷帘门前，从口袋里掏出了什么。

　　卷帘门后面竟然还有一道防盗门。被拉开的防盗门正好挡在了东川的一侧，东川快速向前移动……

　　鸭舌帽打开后备箱开始搬东西。借着后备箱的灯光，东川认出了那个曾经进出过舒桐家的大双肩背包。

　　就在鸭舌帽关闭后备箱的瞬间，东川出手了——一击命中。

　　鸭舌帽顺势趴在了后备箱上。东川又来了两下之后拉倒鸭舌帽，用电击棒照亮了鸭舌帽痛苦扭曲的脸——正是韩步云。

　　东川把韩步云拖进了二层小楼里，飞快地用胶带把韩步云的嘴、双手和双脚都缠结实了。东川搜出钥匙和遥控器，出去锁好防盗门，把白色小轿车停到了远处路边的停车位。

再走进东十三巷的时候，东川的心才开始剧烈地跳动。整条巷子里两侧的房间都没有灯光亮起。打开防盗门进去，放下卷帘门后，东川迅速检查了一下，一楼所有窗户都是封死的，从外面看见的拉上的窗帘就是一种掩饰。

东川打开了灯，一楼是整层通畅的。防盗门在中间位置。东南角，靠墙的两排实木架子上整整齐齐地摆满了大大小小的袋子和塑料桶。东北角，两个白钢大水槽靠着墙体，靠东墙的白钢大水槽上面的墙壁内嵌着一个箱式控制器，靠北墙的白钢大水槽的西侧是一个超大的冰柜。南侧中间位置，靠墙并排立着两张大画板，画板东侧的实木架子上整齐地摆着各种燃料和画笔等，画板西侧的实木衣架上挂着两件连体工作服。西南角，各种石膏造型和模具靠着墙角堆起了两米多高。西北角，靠墙的两排实木架子上摆满了各种工具，有各种刀、凿、斧、锯、扳子、钳子、改锥，还有气泵、电锯、电钻、台钳、打磨机、电烙铁、切割机等等。北侧，挨着防盗门是一部铁艺楼梯。铁艺楼梯西侧是一张大办公桌，办公桌上摆着两台笔记本电脑，办公桌的旁边有一只大木头箱子。整个一楼内干干净净，一尘不染。

韩步云的双眼直直地盯着东川。

东川走到韩步云的跟前，摘掉了鸭舌帽。韩步云缓缓地闭上了双眼。

东川小心翼翼地上了二楼，沿着墙检查了一下二楼的窗户——和一楼完全一样，所有窗户都是封死的。

打开二楼的灯后，东川被吓了一大跳：七个栩栩如生、真人大小的模特正半包围着一张豪华的大床。或坐或站或依或行或举目远眺或轻揽云鬓，或职业正装或居家休闲装或学生装或护士服或一袭长裙或吊带超短裙或长靴牛仔，每一个模特的表情和动作都停留在最美丽、最优雅的瞬间。

东川走近一个模特：皮肤光滑细腻如脂，嘴唇的纹络清晰可见，就连脸上的微小斑点都是那么自然；用手背触摸模特的肌肤，温凉光滑而且充满弹性；用电击棒的强光照射其中一个模特露在衣服外面的肢体，凝脂下完整的骨骼清晰可见。

一阵冰寒浸透了东川的全身。

之前，东川对韩步云的最高定义是凶残的罪犯。现在，变态恶魔已经不足以形容他了。东川突然飞一般地冲下楼，颤抖着拉开了那个曾经进出过舒桐家的大双肩背包的拉链：里面整整齐齐地装满着根根白骨。

东川的泪水肆意地滚落……

良久，东川擦干泪水，走到了韩步云的跟前。韩步云的眼神里竟然流露出了骄傲的神情。

“你真是太残忍了。”

韩步云看着东川摇了摇头，满眼鄙夷地笑了笑。

东川找来一副橡胶手套，带上，又拉过一把带轮子的椅子，把韩步云结结实实地绑在椅子上，拉着椅子开始了细致的搜索……

韩步云一路用鄙夷的眼神看着……

……

东川已经消失了三天。韩步云也消失了。

俞墨汇报完情况后，路汉生沉思了良久，突然说道："抽调全队没有任务的侦查员，重新查看录像。"

……

除了放在防盗门门口的另一个大背包之外，东川检查遍了一楼的每一个角落和每一件物品，检查完毕，在心中完成了对韩步云罪恶手段的推测。

当东川把一只结实的大布袋、一袋淡蓝色粉末和一组形状各异的电加热管摆在韩步云眼前的时候，韩步云眼神里的鄙夷开始消散。他要用这些工具来吓唬韩步云，让韩步云交待自己的罪行。

当韩步云躺在靠东墙的白钢大水槽里的时候，眼神里的鄙夷彻底消失了，充满着绝望，突然开始拼命挣扎……

东川拿起那只结实的大布袋，紧紧盯着韩步云，像是要把他一点点套进布袋里。

报应到了！

韩步云缓缓地闭上了双眼：被自己残害的女孩，一张张青春阳光的笑脸慢慢变成了哀求和恐惧，再慢慢地扭曲、融化，最后变成了一具具白骨骷髅……

足以让灵魂恐惧的绝望又涨开了韩步云的双眼，直直地盯着东川。

东川也直直地盯着韩步云的双眼……

良久……

韩步云用力地眨了三下眼睛，又用力地点了两下头。

东川小心地扯开了韩步云嘴上的一部分胶带。

"我从没想过会有人能发现我的秘密！"

东川静静地看着韩步云。

"我让她们永远停留在了最美的瞬间！"

东川依然静静地看着韩步云。

"只要我活着，会一直继续下去的。"

东川伸右手要去重新封闭韩步云嘴上的胶带。

"请等一等！"

东川的右手停在随时能进行控制的位置。

"你可以阻止我以后的创造，但是任何人都不能否定我创造的完美。"

东川完全找不到去形容韩步云的词语，因为用任何词语去形容韩步云那都是在侮辱无辜的词语。但是，东川在心中依然坚持着底线：用一切压力去逼迫韩步云，还原事实的真相，最后再把韩步云交给警察。

"你不配，任何人都不配画上我的句号。我宁愿自己去死，也不会听你摆布。"

东川不想再听下去了，右手刚要动作，就听见韩步云继续说道："控制系统的密码是七位的，破解是不容易的。如果你想知道……我只需要半条手臂就可以。"

东川犹豫了片刻，重新封好韩步云嘴上的胶带后，释放出了韩步云的整条右臂。韩步云几乎用尽全身力量半坐起后，开始了几乎是带着炫耀成分的操作：……依次连接好七根电加热管……向大布袋里倒进十二勺淡蓝色的粉末……输入控制系统的密码……设定各个步骤……打开进水管……慢慢地躺下……曲腿把整个身体全部缩进了大布袋里……右手慢慢地抽紧了大布袋口的绳子……右手攥着绳子慢慢地缩进了大布袋里……水流开始缓缓注进水槽……

东川没有想到韩步云真的选择自杀。

当水槽被注满三分之一的时候，在大布袋里的韩步云突然瞬间绷直了，一股强烈的电流从东川紧顶着水槽的右膝盖处传遍了全身……

幸运的是电流是间隔性的。

远离大水槽后，东川唯一能做的就是看着、等着。

七根电加热管同时被接通了定时电源……

大布袋涨得鼓鼓的，表层翻涌起无数朵汩汩的水花……

……

东川的心默默地流着泪："舒桐，我唯一不能原谅的就是伤害你的人。就算是玉皇大帝，也要拉他去地狱走一圈！"

……

定时电源自动关闭的同时，大水槽的进出水管同时被自动打开了，大布袋开始一点点瘪了下去……

东川小心翼翼地打开大布袋：韩步云完全消失了，只剩下了一具完整的白骨。

……

九月八日。

凌晨 2:24，东川没想到韩步云就这样死了，他只得清理完了所有痕迹。

两个大双肩背包里的白骨被迁移进了一只干净的布袋里，两个大双肩背包、捆绑过韩步云的胶带和装过韩步云的大布袋等都被装进了另一只干净的布袋里。

凌晨 3:04，东川在门口，静静地听了几分钟后，拔掉卷帘门的电源，用摇臂一点点、静静地把卷帘门升过了防盗门的高度。

把摇臂放回原处，推开防盗门，东十三巷里漆黑而安静。

锁好防盗门，东川找到那辆白色小轿车，清理干净了自己的痕迹。

再回到二层小楼，东川把防盗门钥匙、卷帘门的遥控器和汽车钥匙整齐地摆在了大办公桌上，用一个细线两头分别系住两块大小不同的冰块，再用细线勒住卷帘门升降轨道上的阻行开关，用一根布条缠住防盗门反锁的旋钮。

凌晨 3:28，东川轻轻地关上防盗门，用力一拉布条，咔的一声反锁了防盗门，再用力拉了两下，抽出了布条，最后抓住卷帘门的底边缓缓用力下拉，卷帘门被悄无声息地放下了。

东川背着一只布袋、提着一只布袋离开了东十三巷。

凌晨 4:07，东川在一个僻静的角落点燃了提着的布袋，紧紧地抱着另一只布袋静静地看着跳动的火苗……

凌晨 4:46，东川紧紧地抱着一只布袋踏上了回家的路程。

……

10:31，俞墨的一名同事终于发现了韩步云第二次去舒桐家"开门"时候的疑点。

11:14，路汉生亲自带队冲进了东十二巷。

12:57，俞墨看到了自己的笔记本电脑。

……

九月九日。

17:05，在舒桐最喜欢坐在上面看夕阳的那块巨石的后面，东川看着最后一桶混合着自己泪水的甘甜山泉水完全渗入土壤之后，用原来的草坪仔细地还原了并列栽着两棵小松树的树坑。

18:00，东川拨通了俞墨的手机。

"东川，你在哪儿？"

"俞墨，我回到秋桐县了。"

"东川，你……"

"俞墨，你的笔记本电脑在韩家村东十二巷十八号前排小楼二楼中间的房间里。"

"东川，我已经找到了。"

"俞墨，再见！"

"东川，等等。东川，你……找到答案了吗？"

"俞墨，我的答案是舒桐失踪了。"

"东川……"

"俞墨，我不会离开秋桐县的，你随时都可以来找我。"

"东川，我们发现了韩步云第二次去大桐宝儿家开门时的疑点。"

"俞墨，这几天，我想通了一件事情，近在咫尺或是阴阳相隔！"

……

19:23，俞墨带队撬开了韩家村东十三巷里唯一的那道卷帘门。

19:51，路汉生以最快的速度赶到了韩家村。

22:47，二层小楼里掩藏的罪恶摆在了路汉生的面前：七个栩栩如生、真人大小模特的身体里隐藏着七具超级完整的人体骨骼；白钢大水槽里超级完整的人体骨骼直接说明了七个模特身体里超级完整的人体骨骼的来源。

俞墨沙哑着嗓音说道："师父，没有发现任何入侵的痕迹，防盗门反锁着，卷帘门被拔掉了电源，是锁闭状态的，七根电加热管是用定时电源控制的，韩步云名下没有登记的轿车……"

路汉生打断了俞墨，说道："近在咫尺或是阴阳相隔。就在附近找。"

"是！"

……

23:13，俞墨在对讲机里汇报道："师父，车子找到了。"

"我马上让技术人员过去。"

"明白!"

……

九月十日。

7:03，路汉生看到了技术检测报告：每一个模特身体内超级完整的人体骨骼都是来自同一类人，都是年轻女性，年龄分布在二十一岁至二十七岁之间，死亡时间分布在四年半至半年之前；白钢大水槽里的人体骨骼是韩步云的，死亡时间大约是九月七日晚上十点至十一点；整座小二楼内只有韩步云的指纹；在白色小轿车内只找到三个人的指纹，其中一个是韩步云的。

10:37，俞墨向路汉生汇报道："师父，据东洋商贸公司的负责人说当年是韩步云单方终止了租赁合同，返还了半年租金还补偿了一千元的搬家费。据周围的街坊说在九月七日凌晨四点钟左右听到过卷帘门开启和关闭的声音，时间间隔大约二三十分钟，截止到我们破门进入之前，再没听到过开启的声音。东川最后出现的时间点大约是九月六日晚上十点钟。根据目击者描述的轨迹画像，东川就是在监视东十二巷十七号。所有搜查过的地方都没有发现大桐宝儿的线索……"

路汉生点燃一根烟，狠狠地吸了两大口，说道："韩步云有畏罪自杀的可能，也有……"

"师父……"

"小俞，东川从一出现就证明了自己的超高智商和洞察能力……"

路汉生的话被突然响起的手机铃声打断了。俞墨看了看自己的手机，说道："师父，是舒桐爸爸打来的。"

路汉生立即点了点头。

俞墨接通电话，按下了免提键。

"蓝叔叔，您好!"

"俞墨，我和桐宝儿妈妈想见一见东川。"

"啊……"

俞墨看了看路汉生，路汉生轻轻点了点头。

"蓝叔叔，东川已经离开了。"

"俞墨，东川是回秋桐县了吗？"

路汉生急忙冲俞墨摆了摆手。

"蓝叔叔，我也不知道东川去哪儿了。"

"俞墨，能不能帮我联系一下东川？"

"蓝叔叔，您找东川有什么事儿吗？"

"俞墨，我和桐宝儿妈妈偷看了桐宝儿的日记。桐宝儿和东川已经相知相爱四年了，九月一日应该是桐宝儿向我们宣布她和东川已经相爱的日子。我和桐宝儿妈妈要谢谢东川对桐宝儿的爱，东川是桐宝儿爱的人，也是我们的孩子……"

"蓝叔叔，我会尽快找到东川的。"

……

"小俞，准备一下，我们去秋桐县。"

……

九月十一日。

9:02，路汉生和俞墨在秋桐县图书馆门前见到了平静如水的东川。

"路警官，俞墨，两位好。俞墨，请原谅我的不辞而别。"

"东川，感谢你提供的线索。"

东川淡淡地说道："路警官，我只是在舒桐家说出了我的疑虑。"

"近在咫尺或是阴阳相隔。"

"路警官，那只是我突然想通的一个道理。"

"你租的房子是东十二巷十八号。"

"路警官，能租到十八号是巧合，我当时就是想监视韩步云。"

"后来呢？"

东川轻轻笑了笑："后来我发现自己没有对付韩步云的实力。我需要工作才能保障生活，而韩步云不需要。"

"东川，你离开得很突然。"

"道理是我突然想通的。"

俞墨忍不住问道："东川，你说过会一直找下去，直到找到答案为止。"

"俞墨，舒桐失踪了，不是答案吗？"

"东川，大桐宝儿说过你是智者……"

"俞墨，我只是一名普通的图书管理员。我能发现那些细节，是因为我了解舒桐。"

"东川，那你和大桐宝儿的爱……"

东川淡淡地说道："俞墨，我和舒桐的爱也许就停在了九月一日，而且舒桐也不会希望我漫无目的地一直找下去。"

"东川，如果大桐宝儿还活着呢？"

东川看着俞墨的眼睛，认真地说道："无论舒桐变成什么样子，我依然会爱她！"

俞墨突然大声说道："东川，大桐宝儿不是你一个人的，也不是只有你一个人真爱大桐宝儿，你忍心让大桐宝儿的爸爸妈妈一直担心下去吗？"

东川淡淡地说道："担心的另一半是希望！"

路汉生和俞墨都沉默了。

良久，路汉生缓缓地说道："东川，不仅仅是舒桐，还有七个年轻的女孩……"

东川看着路汉生，认真地说道："路警官，我完全不明白您的意思。"

路汉生认真地说道："东川，给我一个方向吧！"

"阴阳相隔或是近在咫尺！"

路汉生沉思良久，说道："东川，谢谢你！"

……

在回程的路上，俞墨终于忍不住问道："师父，'阴阳相隔或是近在咫尺'和'近在咫尺或是阴阳相隔'有什么区别呀？"

路汉生叹了口气，沉重地说道："东川找到舒桐了！"

"啊！"

"近在咫尺或是阴阳相隔。东川租的房子、韩步云的住处、那栋小楼，还有东川监视的范围和那辆白色小轿车，都算是在咫尺的范围内；东川和舒桐之间阴阳相隔，阴阳相隔的还有韩步云和那七个年轻女孩。"

俞墨瞪大了眼睛说道："'阴阳相隔或是近在咫尺'，就是东川和舒桐之间阴阳相隔，舒桐就在距离东川咫尺的范围内。"

路汉生轻轻地点了点头。

"师父，就是……就是说东川早就知道韩步云死了，也知道那七个模特的存在？"

路汉生叹了口气，说道："我也想不明白。防盗门反锁、卷帘门只开启过一次……"路汉生苦笑了一下，继续说道，"开启关闭的时间间隔只有二三十分钟的时间，除非是韩步云邀请东川去的，而且东川完全相信韩步云。"

"师父，有没有可能是东川在其他地方找到的韩步云，然后……"俞墨说出"然后"两个字之后就推翻了自己的猜测。找到韩步云、控制韩步云、逼问等都合理，但是让韩步云自己从容执行自杀任务就不合理了！

路汉生盯着车窗外看了良久，说道："小俞，找个合适的机会把东川和舒桐的结婚证送去舒桐家吧！"

"师父？"

"我了解他们两口子。失去了舒桐，东川至少算是半个合理合法的儿子，而且……"

俞墨相信师父，也知道师父没说出口的意思——唯一能从东川那儿获知舒桐下落的人就是舒桐的父母。

俞墨重重地点了点头。

……

失去挚爱的伤口也许不会愈合，但是一定会慢慢结痂！

……

俞墨一直没有找到合适的机会。

舒桐的爸爸妈妈一直在耐心地等待着俞墨的消息。

……

腊月二十九。

舒桐的爸爸妈妈实在等不下去了，动身去秋桐县之前，给俞墨打了电话。

俞墨追到高速公路入口，把那本夹着一纸声明的结婚证交给了舒桐爸爸。

……

大年三十。

大清早，连夜长途奔袭的舒桐的爸爸妈妈敲开了东川家的大门。

东川深深鞠了一躬后，淡淡地说道："叔叔阿姨请进！"

舒桐爸爸努力控制着情绪说道："东川，我和桐宝儿妈妈都知道了！"

……

年夜饭。

舒桐爸爸咀嚼着酱牛肉的时候，简直是如鲠在喉——因为和自己宝贝女儿做的酱牛肉一模一样！

舒桐妈妈咽下一口蒜蓉西蓝花后，泪水再也忍不住了！

……

大年初一。

大清早，东川用手轻轻地抹去了曾经和舒桐坐在上面看夕阳的那块巨石上面的积雪。

舒桐妈妈在那两棵小松树前烧掉了东川亲笔写的声明。

舒桐爸爸把结婚证还给了东川。

东方，一轮带着希望的朝阳正冉冉升起！

钻石和狗狗

舒桐的爸爸妈妈一有空闲就会到秋桐县小住，就住在东川家里。四位老人相处得极为融洽。

为舒桐复仇是一种动力。

但是，复仇行动结束后，唯一剩下的就是对舒桐的无限思念。

东川在平静的生活中呵护着那两棵小松树茁壮成长，也在用生活的平淡去消磨内心的思念。

舒桐的爸爸妈妈多次明确建议东川开启新的生活，每次东川都只是轻轻地笑笑。他们也多次强烈建议东川出去走走，每次东川也依然是轻轻地笑笑。

历经两年多的不懈努力，舒桐妈妈终于为东川妈妈找到了名医药方，让东川妈妈彻底告别了体弱多病的过去。

东川启封了自己的第一道封印——离开了秋桐县。

舒桐爸爸开门看见东川的时候开心极了。这个真爱桐宝儿、合法的亲人、准备守护亡妻度过余生的东川，终于离开了秋桐县。

"爸，冒昧登门，打扰了。"

"川儿，是你回家了。"

舒桐妈妈闻声快步迎到门口。

"娘!"

"哎,哎!川儿,快进来,快进来。"

"娘,我妈妈上山采了些蘑菇,一定要让我给您送来。"

"嗨,她身体刚刚好,应该多休息的。"

"她说以前休息的时间太多了,以后要多活动活动,补回来。"

"哈哈,过一段时间,我去和她一起上山采蘑菇。"

……

舒桐爸爸偷偷打电话给俞墨泄露了东川的行踪。很快,俞墨一个"巧合"的电话就把东川约了出去。

但是,东川把活动范围限定在了舒桐家的小区之内。

"东川,怎么,怕我把你领出去卖了吗?"

东川笑着问道:"会有人买吗?"

"当然有,我师父就绝对愿意花高价买你。"

"路警官高估我了。"

俞墨看着东川认真地说道:"我师父说如果你做侦查工作,前途不可限量。"

东川淡淡地笑了笑。

"东川,如果没有你,韩步云……"

东川看着远方说道:"那只是巧合而已。"

"东川,我手头正好有一个谜一样的案子,运用一下你的'巧合'能力帮帮忙怎么样?"

"俞墨，我明天就要回去了。"

"明天我来接你，我送你去车站。"俞墨说着从背包里取出一摞资料递给东川，"你就随便看看，明天我送你去车站的时候再还给我。"

……

东川根本就没有翻开过俞墨留下的资料。

第二天。

东川要离开的时候，被舒桐的爸爸妈妈强行留下了。

看着俞墨带着几分狡黠的笑容，东川立即明白了：是舒桐的爸爸妈妈希望自己丰富一下人生。

东川不好意思地笑了笑，说道："俞墨，真的不好意思，你给我的资料我根本没看。"

"我猜到了。你现在就看，我陪叔叔阿姨聊会儿天。"

……

东川大致翻看了一下资料：

十六日。

一个叫苏菱倩的当红明星在自己的海边别墅举办了一场烧烤晚会。迎接宾客时，她所戴的价值三千多万的钻石项链在当晚丢失了。

十八点整，苏菱倩在女助理优迪的陪伴下开始盛装笑迎宾客；

十八点四十七分，重要宾客全部到齐；

十八点五十分，苏菱倩站在别墅二楼的楼梯口正式宣布晚会开始；

十八点五十七分，苏菱倩挽着重要客人 A 走进了别墅三楼最右侧的书房。优迪关好书房门后立即下楼去招呼其他重要客人；

十九点二十一分，优迪把另一名重要客人 B 送进了别墅三楼最左侧的房间；

十九点五十三分，优迪把第三名重要客人 C 和同行的女助理送进了别墅三楼最左侧的房间。之后，优迪就一直在别墅一楼的大厅和海边之间来回穿梭招呼客人；

大约在二十点四十分左右，换下盛装、没有佩戴钻石项链的苏菱倩出现在别墅一楼的大厅里；

二十点四十四分，优迪从海边回到别墅一楼大厅，陪在苏菱倩身边；

二十一点十二分，优迪陪着苏菱倩去了海边；

二十一点二十分，在海边开始燃放烟花；

二十一点四十分，烟花燃放完毕。晚会进入高潮，喝酒、跳舞、唱歌正式开始；

二十二点三十七分，苏菱倩和两名好友级的客人 D、E 登上了停泊在海边私人码头的游艇；

二十二点五十一分，优迪送走了三名提前离开的客人；

二十三点零三分，优迪回到了海边；

二十三点三十六分，苏菱倩和两名好友离开了游艇；

十七日。

从凌晨一点三十二分开始，优迪陪着苏菱倩陆陆续续地送走了二十一位客人；

凌晨两点整，为晚会提供服务的餐饮公司的工作人员开始撤离；

凌晨两点二十三分，优迪陪着苏菱倩送走了最后离开的五名客人；

凌晨两点三十一分，优迪让两名负责打扫卫生的阿姨和司机去休息；

凌晨两点四十分左右，苏菱倩、优迪和留下的两名客人F、G去休息；

八点整，优迪听见闹铃声起床，然后直接去厨房查看早餐的准备情况；

八点十分，优迪敲门叫醒了苏菱倩，之后开始整理苏菱倩的房间；

八点三十一分，优迪发现钻石项链不见了；

八点三十七分，优迪叫醒了两名客人F、G；

苏菱倩、优迪、两名客人F、G和两位负责打扫卫生的阿姨，六个人足足找了将近一个小时。

九点三十三分，在苏菱倩的许可下，优迪打电话报警。

十六日当晚，到场的客人一共四十一名、餐饮公司的工作人员十名、两名打扫卫生的阿姨、一名司机再加上苏菱倩和优迪，一共五十六人有机会进入别墅。

还有两名负责燃放烟花的专业人员是乘快艇到达海滩的，

燃放完烟花之后直接乘快艇离开，根本没有进入过别墅。

时间点几乎都是优迪提供的。

优迪给苏菱倩做助理快五年了，时间观念非常强。而且苏菱倩对时间的要求也非常严格。那条丢失的钻石项链上安装了最先进的报警装置。项链上其中一颗小钻石内隐藏着一个微型发射器，对应微型发射器的是一条手环式接收器，发射器和接收器之间的有效距离是五十米。接收器开启后，超出有效距离或是信号被阻断都会发出警报。

当晚，苏菱倩是当着优迪的面开启的手环式接收器，就在优迪伸手要接过手环的时候，苏菱倩突然说了一句："我自己带着吧，别墅到海边的距离超过了五十米，今晚有你忙的。"

手环式接收器是在苏菱倩的房间里找到的，当时是开启状态。苏菱倩为那条价值三千多万的钻石项链买了巨额保险。

……

东川看完资料后，俞墨笑着问道："怎么样？"

东川轻轻皱了皱眉头，问道："能不能换一个？"

"不能。东川，实话对你说吧，第一，到目前为止这个案子的调查毫无进展；第二，我师父说这个案子的工作量很大。"

"工作量大才是重点！"东川说完，舒桐的爸爸妈妈和俞墨几乎同时笑了起来。

"爸妈，谢谢您二老对我的关心！"

……

俞墨发动车子后，问道："东川，我们从哪里开始？"

"我有几个问题想当面问问那个大明星,可以吗?"

"当然可以!"

……

东川在临近海边别墅区就提前下了车,慢慢走着,俞墨开着车在后面慢慢跟着。

在别墅区大门口的附近有一个公交站点。东川在查看公交车运行路线图的时候,发现在广告栏上张贴着一新一旧两张同样内容的寻狗启事:是一只蝴蝶犬,联系电话1xxxxxx2555。

俞墨提前和大门口的警卫进行了说明。

东川步行走进别墅区,在俞墨的引领下一路走到苏菱倩的别墅。

俞墨按响了门铃。开门的是一个五十岁左右的阿姨。

进门后,从楼梯上走下一位身穿紧身衣裤的二十多岁的漂亮女孩。

俞墨立即说道:"苏菱倩你好,打扰了。我是协助调查案件的警察,我叫俞墨,这位是我们请来的侦探,有几个问题需要再向你核实一下。"

"俞警官你好,是你们一直在辛苦帮我找项链,我们去书房谈吧。"

俞墨跟在苏菱倩的身后,东川跟在俞墨的身后,直接去了三楼最右侧的书房。

苏菱倩用指纹打开房门后说道:"二位警官请在这里稍等我一下,我刚才在健身,我去换一下衣服就过来。"

……

二十几分钟后，苏菱倩穿着小背心、小热裤出现在了书房的门口。

东川一直看着苏菱倩一路走近，最后坐在了对面，赞道："苏小姐，你真的非常漂亮！"

苏菱倩稍微停顿了一下，因为她在东川的眼神里丝毫没有发现那种色色的成分，旋即笑着说道："多谢你的赞美。"

东川直接进入了主题："苏小姐，那条项链上的警报装置是如何运行的？"

苏菱倩想了想说道："具体原理我不清楚，我只知道具体使用方式。使用的时候把手环对着项链开启，手环上的红灯先亮，大约三秒后绿灯闪烁三下就可以了。"

"苏小姐，手环开启的时候必须要对着项链吗？"

"挨着很近就行。"

"手环开启之后，如果关闭，远离项链再次开启呢？"

"那手环就不会发出警报了。"

"十六日当晚，你一直随身戴着手环吗？"

"是的。"

"能确认手环没有发出过警报吗？"

"我确认。"

东川笑了笑，问道："苏小姐，手环和你当晚的衣服搭吗？"

"哈哈。"苏菱倩用手掩着嘴笑了笑说道，"警官，你这个问题实在太妙了。当晚手环在我身上藏过好几个地方。"

"苏小姐，十六日晚八点四十分左右，你到一楼大厅的时候佩戴钻石项链了吗？"

"这个问题我已经和之前调查的警官详细说过了。我是在卧室里换过衣服后下楼的，没戴项链，项链就放在了卧室里，而且我确认我锁好了卧室的门。"

"是指纹密码防盗锁码？"

"是的，英国进口的，最安全的门锁。"

"苏小姐，我能参观一下你的闺房吗？"

"啊，当然可以！"

……

三楼只有三个房间。

苏菱倩的卧室在最左侧，门口的位置被栏杆外侧悬挂的苏菱倩的巨幅照片完全挡住了。卧室非常大，中间位置是一张大床，大床对面的墙上挂着一个超大超薄的索尼电视。床的左侧朝向大海的方向，全部是落地窗，窗前摆放着一张真皮躺椅、一个竹制吊椅和一张红木桌。床的右侧是透明玻璃的浴室，里面有一个超大的浴缸。靠近门口的位置是两排红木衣柜。

东川只走到大床的附近就足以确定了一个事实，在门口绝对看不到床上，在床上也绝对看不到门口。

就在东川准备离开苏菱倩卧室的时候，突然从浴室里传出一阵手机铃声。东川正好距离浴室门口比较近，走进去拿出手机递给了苏菱倩。

来电显示的名字只有一个 A，号码是 1xxxxxx2555，正是那张寻狗启事上留的电话号码。

"谢谢！"

苏菱倩接过电话的时候，顺手按下了接听键。

"优迪。"

"……"

"我知道了，你尽快回来吧。"

等苏菱倩挂断电话后，东川问道："苏小姐，这种电子门锁是不是长时间不关门会发出警报？"

"是的。设定时间是五分钟，警报响起后门会自动关闭同时闭锁。"

"苏小姐，你当时在房间内听见过房门的警报声吗？"

"绝对没有，门锁发出的警报声是非常刺耳的。"

东川轻轻点了点头："长见识了！"

苏菱倩带着几分高傲笑了笑，问道："你们还想参观哪里？"

"参观苏小姐的闺房已经算是过分要求了。"

"应该是调查吧！"

东川的话锋一转："苏小姐，你养狗了吗？"

"养了，是一条蝴蝶犬，这几天心情不好，送到一个朋友那里去了。"

……

回到书房后，东川看着苏菱倩的眼睛说道："苏小姐，以下的几个问题涉及你的隐私，我希望你能认真回答。"

苏菱倩笑了笑说道："我会百分之百配合你的调查，但是和案件无关的任何问题我都不希望你提出。"

"我完全明白。苏小姐请你放心，我保证所有的问题都和案件有关。"

"那你就提问吧。"

"苏小姐，十六日当晚的烧烤环节，全部都是餐饮公司的工作人员操作的吗？"

"不是。我和我的很多朋友都喜欢亲自动手烧烤，餐饮公司的工作人员负责准备各种食材、烧炭和指导我们如何操作，我们想做的和能做的全部由我们自己完成。"

东川轻轻点了点头："我也喜欢自己动手烧烤。"

"哈哈，自己动手烧烤的食物吃着才最香……"苏菱倩突然话锋一转问道，"你这个问题和案件有关吗？"

"当然有关！"东川正色说道，"如果客人动手参与烧烤，那场面就热闹了，甚至可以说是有些混乱，动手参与烧烤的人很少有时间去关注别人。如果全部是等着吃，那就不一样了，会有足够的时间去关注别人。"

"你说得太对了。当时，我的朋友们几乎都玩儿疯了，非常兴奋，现场特别混乱。"

"苏小姐，十八点五十七分，你和一位客人去了书房？"

苏菱倩轻轻点了点头。

"苏小姐，你和那位客人在书房的时间段内，那位客人有机会在你不留意的情况下接触到项链和手环吗？"

苏菱倩的脸色微变，盯着东川问道："这个问题和案件有关吗？"

东川笑了笑说道："当然有关。"

"有什么关系？"

"如果能在你不留意的情况接触到手环，那就有关闭和再开启手环的机会……"

苏菱倩非常不客气地打断东川说道："我百分之百相信那位客人，而且那位客人的身份很尊贵。"

东川知道自己的问题已经接近了苏菱倩内心的禁区，所以在语言和语气上都需要增加一些压力，提问才能继续下去："苏小姐，当晚来的都是您的朋友，您的身份就是尊贵级的，您的朋友也都应该是尊贵级的吧？"东川把"你"换成了"您"，并且加重了"您"字的读音。

"那位客人不同……"

东川打断了苏菱倩，表情严肃地说道："苏小姐，当晚进出您别墅的每一个人都有嫌疑。"

苏菱倩的脸色瞬间冷了下来："你这是什么意思？"

"苏小姐，我们这次来的目的是进一步消除疑点，如果疑点太多，保险公司方面也不会认可的。"

保险公司不认可是不会赔偿的。三千多万让苏菱倩的表情稍微缓和了一下。

"苏小姐，如果像您和我这样对坐，那我是没有机会在您不留意的情况下接触到项链和手环的。如果像俞警官和我这样坐，那我就有机会在她不留意的情况下接触到项链和手环。"东川给了苏菱倩几秒钟的理解时间，继续说道，"如果……如果……那……"东川故意用停顿省略了苏菱倩能明白的描述。

苏菱倩咬了咬嘴唇说道："有机会。"

东川追问道："苏小姐，十九点二十一分，优迪把一位客人送进了您的房间，当时您在哪里？"

苏菱倩盯着东川没有回答。

"苏小姐，我换一种问法，那位客人有机会在您不留意的情况下接触到项链和手环吗？"

苏菱倩思考片刻后闭上眼睛，轻轻点了点头："有！"

"苏小姐，十九点五十三分，优迪把一男一女两位客人送进了您的房间，当时您在房间里吗？"

"在！"

"当时您能确认项链和手环在身边或是在房间里吗？"

"能！"

"十九点五十三分，进入您房间的两位客人有机会接触到项链和手环吗？"

"有！"

"优迪送两位客人的时候进入过房间吗？"

"没有！"

"苏小姐，您确认吗？"

"我确认。当时一位客人叫优迪一起聊聊，优迪就站在门口，没有进入房间。"

"苏小姐，您离开房间之前亲眼确认过项链和手环都在房间内吗？"

"我确认，因为我是看着他们穿……离开的……"

东川盯着苏菱倩，追问道："苏小姐，项链和手环呢？"

苏菱倩陷入了思考，准确地说应该是回忆。

东川轻轻地提醒道："苏小姐，我们找到嫌疑人后，会围绕嫌疑人重点展开调查的，但是需要确认一下方向。"

苏菱倩脑海里回忆的画面是：自己横躺在床上看着两男一女陆续穿上衣服，三个人穿的衣服都很少，尤其是那一女就是在真空状态下包裹了一块布，三个人都没带包，都是空着手离开房间的，那么大一串项链绝对不可能不露痕迹地藏在身上。

苏菱倩轻轻吸了口气，避开东川的眼神说道："我离开房间之前看见过项链和手环。"

"您确认？"

"我确认！"

"苏小姐，您撒谎了！"

"你说什么？"苏菱倩的语气里充满了带着几分恐慌的愤怒。

"苏小姐，您自己心里清楚。"

"我要……"

东川冷冷地打断了苏菱倩，问道："苏小姐，如果我们现在去找您的朋友，在您朋友那儿能见到您的蝴蝶犬吗？"

苏菱倩厉声问道："你什么意思？"

东川加重了语气说道："苏小姐，我的目的非常明确，就是想帮您找回丢失的项链或是……"东川故意停顿了一下，继续说道，"或是消除所有对您不利的疑点或是帮您的朋友消除疑点。"

那条钻石项链在苏菱倩的心中就是一件非常喜爱的、可以去炫耀的首饰。如果仅以价值计算，三千多万一部戏就能赚回来，即使保险公司不理赔也无所谓；自己群魔乱舞的那些花花事儿也根本不怕曝光，不仅能提高自己的知名度，而且还能借机结交更多的朋友。花无百日红，用绯闻提高知名度只是早晚的事情。苏菱倩心中唯一在乎的是那几位重要客人，虽然都是道貌岸然的皮囊之货，但是这些皮囊绝对不能因为我苏菱倩而被撕破，否则在这个圈子内就真的无立锥之地了。手环既然在房间里，那项链当时也应该在房间里。

想到这儿，苏菱倩温柔地笑了笑，说道："我确定，我离开房间之前看见过项链和手环。"

东川笑了笑，说道："苏小姐，您的确认又给了我提问的机会。"

苏菱倩做了个鬼脸："那您就继续提问吧。"

"苏小姐，十七日，两点四十分左右，您、优迪和两位客人直接去休息了，还是……"

苏菱倩静静地看着东川，大约十秒钟之后笑着说道："我在等你给我一个和案件有关联的理由。"

"如果您和优迪直接安排两位客人去休息，那之后优迪就有可能送您回房间，优迪就有可能看见项链和手环。"

苏菱倩假装着思考了一下，点了点头之后又笑了笑说道："留下的两位客人，其中一位在追求我，我们去了房间。"

"苏小姐，您说的我们是两个人，还是……"

"我们是两个人。"

当时的确是两个人进入苏菱倩卧室的，因为另一位客人抱着优迪去了优迪的房间，至于后来两位客人交换房间，苏菱倩是可以装作不知道的。

"您回到房间之后看见过项链和手环吗？"

苏菱倩假装着回忆了一下，认真地说道："回到房间的时候我非常累了，真的没有留意项链和手环。"

东川故意沉思了片刻，说道："苏小姐，这样就基本可以确定项链不见的时间是在您和三位客人离开房间之后。"

苏菱倩用沉默表示了赞同。

东川突然问道："苏小姐，您是什么时候发现您的狗不见了？"

"这个，我……真记不清了，我问一下优迪。"苏菱倩说完当即拨通了电话。

"优迪，有两位警官来调查，我们是什么时候发现迪迪不见的？"

"……"

"我好像记得在送走最后一批客人之前还见过迪迪的。"

"……"

"餐饮公司的工作人员收拾的时候大门是敞开的，我当时真没注意。"

"……"

"嗯。"

……

苏菱倩挂断电话后看着东川说道:"优迪也记不清了,应该是在送走最后一批客人之后。"

"迪迪,非常可爱的名字。"

苏菱倩笑着说道:"是根据优迪的名字起的。"

东川转头看着俞墨问道:"俞警官,你还有什么问题吗?"

俞墨微笑着摇了摇头。

东川站起身说道:"苏小姐,非常感谢您的配合。"

"不客气。"

……

一出大门,东川看见一个二十多岁的女孩正迎面走来,立即热情地打招呼道:"嗨,优迪!"

对面走来的女孩一下子愣住了。

东川继续热情地问道:"有迪迪的消息吗?"

"没……没有。"女孩说话的时候看了一眼正站在门口的苏菱倩。

"辛苦了!"

东川说完直接与优迪擦肩而过。

……

车子开出了别墅区,在路边停下后俞墨看着东川认真地说道："有几个问题。"

东川轻轻点了点头。

"第一，你怎么知道苏菱倩家的狗丢了？"

"我在公交站点看见一新一旧两张寻狗启事，是一只蝴蝶犬，电话号码是1xxxxxx2555；我帮大明星拿电话的时候看见的来电号码也是1xxxxxx2555。"

"厉害！"

"绝对是巧合。"

"第二，你怎么会认识优迪？"

"我根本不认识，当时是瞎猜的。"

"厉害！"

"是幸运。"

"第三，收获呢？"

"发现了一位大明星的一些隐私，大明星家的狗丢了，认识了大明星的助理。"

"就这些？"

"就这些！"

俞墨看着东川说道："四个人在房间里的环节，我认为苏菱倩说了谎。"

"理由呢？"

"那位女客人，是助理级的，有机会近距离接触价值三千多万的钻石项链……"

东川笑着问俞墨："如果你有机会接触那串钻石项链，你会怎么样？"

"认真欣赏。"

"价值三千多万，一个女助理，明目张胆地顺走不太可能。"

俞墨点了点头："我认为苏菱倩离开房间的时候不可能看见过项链。"

"理由？"

"如果看见的话，毕竟价值三千多万，我认为一定会收起来的。"

东川轻轻摇了摇头："我不赞同。第一，三千多万对苏菱倩来说就是接一部戏而已；第二，她根本不在乎曝光自己的行为，但是她害怕牵扯到某些重要客人，客人的重要性高于项链；第三，苏菱倩的玩心很重，就像小孩一样，着急出去玩儿的小孩会收拾东西吗？"

俞墨轻轻点了点头："有道理。那就可以确认在苏菱倩离开房间的时候项链还在房间内。"

东川又轻轻摇了摇头："苏菱倩卧室的门口位置被栏杆外侧悬挂的巨幅照片完全挡住了，门锁响起警报的时间是五分钟，五分钟的时间足够了。"

俞墨想了想说道："而且还是另外两个五分钟。"

"或者是三个。"

"三个？"

"苏菱倩自己开门回房间，优迪送一位客人去房间，优迪送两位客人去房间。"

东川叹了口气继续说道："还有苏菱倩、优迪和留下的两位客人睡着之后的大段时间。"

俞墨带着疑问说道："之前的笔录中记载能打开苏菱倩卧室房门的只有苏菱倩和优迪。"

"开启房门锁需要指纹或密码，指纹可以确认只有苏菱倩和优迪，密码就不能完全确定了。那就是是否有人知道的问题了。而且，最后剩下四个人的时候，真的是老老实实的两人一组吗？"

"啊？太污了！"

东川轻轻叹了口气，说道："任何事情只有为道德设定的底线，绝对没有为想象设定的限制。而且，只有想不到没有做不到。"

俞墨盯着东川看了好一会，也轻轻叹了口气，说道："也许除了大桐宝儿，其他所有人都低估了你！"

"大桐宝儿"四个字就像是一只无形的手狠狠地攥了一下东川的心脏。东川把目光转向了车窗外。

俞墨发现自己说错了话，急忙说道："东川，对不起！"

东川转过头看着俞墨郑重地说道："是我对不起舒桐！"

"东川……"

东川打断了俞墨说道："当年舒桐是想要直接公开的，或是陪我留在秋桐县，或是……是我提议暂缓的……如果……"

"东川，舒桐没有告诉过我你们结婚的事实，但是舒桐告诉过我你们当时的决定，舒桐知道你当时都是为了她好。"

东川在心中默默大喊着："如果真是为了舒桐好，我当时为什么不听她的，我为什么不时时守护在她身边，我为什么不勇敢地去承担，为什么……为什么……"

……

过了良久，东川才抚平内心的痛："俞墨，对不起，我失控了。"

"东川……"

东川笑了笑，转移了话题："我真没有方向了。"

"相比之前的调查，我们找出了有机会作案的时间。"

"俞墨，去接触那些客人和工作人员我真的没有兴趣。所以，我申请结束任务。"

俞墨笑着说道："我不批准。"

"为什么？"

"第一，我不想放弃学习的机会；第二，可以找你有兴趣的方向调查。"

"学习，你有师父；和苏菱倩有关的任何事情我都没有兴趣。"

俞墨笑着说道："东川，我给你的理由仅仅是理由，与决定、结果完全没有任何关系。"

东川苦笑了一下说道："那就去关注一下迪迪吧。"

俞墨想了想说道："给我个理由。"

"第一，根据优迪起的名字，在我老家这是不尊重人的；第二，我感觉不到苏菱倩对迪迪的关心；第三，狗能做很多事情。"

俞墨思考了片刻说道："第一，通过迪迪去查证一下苏菱倩和优迪之间的关系；第二，迪迪丢失之前的行动轨迹；第三，在苏菱倩、优迪和留下的两名客人睡着之后的大段时间内，如果迪迪在，迪迪应该是最清醒的。"

东川笑了："俞墨，在来的路上我看见一个小渔港，应该能有新鲜的海货，我想去买点儿。"

……

东川回到舒桐家直接提着新鲜的海产品去了厨房。

俞墨等了一会儿，去厨房看见东川系着围裙正做菜呢。

"东川，你怎么做上菜了？"

"俞墨，你留下来吃饭吧。"

"啊，那我们的调查任务呢？"

东川笑了："俞墨，我的任务好像应该是留下。"

……

之后的三天，东川每天都让俞墨把自己送去图书馆。

东川的理由是：第一，舒桐的爸爸妈妈都有各自的事业，他不希望两位老人刻意抽时间陪自己；第二，俞墨之前根本没有参与这个案件的调查，完全是为了自己横插进来的，需要时间去全面思考和沟通；第三，俞墨他们调查案件需要的是证据和合理的关联，自己天马行空的想象很可能会给俞墨他们造成不必要的麻烦。

……

在送东川回舒桐家的路上，俞墨简单讲述了三天的调查结果。

苏菱倩对优迪几乎可以用刻薄来形容，随时随地都可以毫无理由地对优迪发脾气。优迪的薪水仅仅相当于二三线明星助理的级别，优迪有过几次参演小角色的机会都被苏菱倩搅黄了；苏菱倩养蝴蝶犬仅仅是跟风而已，对蝴蝶犬的态度比对优迪的态度稍微好一点，因为她看蝴蝶犬不顺眼的时候会对优迪发脾气；在放烟花之前，有人在沙滩上看见过蝴蝶犬。

俞墨讲述完停顿了片刻说道："苏菱倩和优迪的关系不好，剥削再加上被阻挡的明星梦，这足以让优迪产生报复苏菱倩的心理，同时优迪也有神不知鬼不觉拿走项链的机会。"

东川分析道："在苏菱倩的圈子里，比优迪更想对付苏菱倩的人也许大有人在。但是这样的报复对苏菱倩而言几乎没有伤害，项链有保险，而且那条项链以后就是一颗价值三千多万的定时炸弹。"

俞墨轻轻点了点头。

"除非，那条项链的背后还另有故事，而且故事对苏菱倩很不利。"

"东川，是我忘了告诉你，有苏菱倩的要求，有外界的压力，还有局里的综合考虑，调查从一开始就是在保密中进行的。"

……

那条价值三千多万的钻石项链背后真的有故事。

钻石项链的前身是四年前还没有大红大紫的苏菱倩从一位情人手中借来的。一年之后，那位情人想要要回钻石项链，苏菱倩耍赖皮说是钻石项链找不到了，那位情人碍于情面没有深究。苏菱倩保住钻石项链后立即远赴法国重新进行了镶嵌，又增加了钻石。三千多万的价值是法国珠宝公司和国内权威鉴定机构给出的最低估价。

听说当年那位情人现在正游走在破产的边缘。

俞墨分析道："东川，关于这个故事至少有三位知情者，有当时帮着苏菱倩耍赖皮的，还有陪着苏菱倩去法国的。优迪虽然不在三人之内，但是我们判断她一定知情，甚至助了力。"

东川点了点头，说道："无意中发现有小偷，又在无意中为小偷留了门。"

俞墨笑着说道："现在有可能对苏菱倩造成伤害了。"

"四年前绝对算是伤害，现在微不足道了。除非……"

"除非什么？"

东川本来是想说：除非再让苏菱倩背上报假案诈骗保险的罪名。但是这种操作很难，除非是苏菱倩之前还有为了某种不可告人的目的而留下的漏洞。

"是很难站住脚的推测。"

俞墨看着东川笑了笑问道："明天还继续吗？"

"我想回秋桐县，可以吗？"

俞墨轻轻地摇了摇头。

东川无奈地问道："俞墨，保险公司什么时候进行理赔？"

"我问一下。"

俞墨得到了答案：今天上午保险公司已经开出了理赔支票。

"俞墨,如果现在从苏菱倩的家里找到那条钻石项链的话,会是什么结果？"

"苏菱倩涉嫌报假案和诈骗保险。但是定罪很难,即使在苏菱倩的家里找到项链,苏菱倩也有不知道项链存在的可能性,再积极退回赔偿,那就……"俞墨顿了顿继续说道,"除非苏菱倩愚蠢到发现项链后自己藏起来。"

俞墨的话让东川重新进行了思考：能在当时的环境下悄无声息拿走项链的人绝对是高手,既然是高手就不太可能做出虎头蛇尾的事情,尤其是这个尾,如果处理不好那可是盗窃价值三千多万的重罪。最高明的手段就是让苏菱倩自己一步步走进陷阱。如果自己推测正确的话,那就只能等待了。

"俞墨,我想明天回秋桐县。"

"为什么？"

"俞墨,如果有人想利用项链去打击苏菱倩,按照我们所掌握的一切去推断,他所能实现的目标只能让苏菱倩损失一笔钱。实现这个目标之后,项链就应该在很长一段时间内或是永远性消失,拿走项链的人绝对有让我们找不到项链的能力。"

俞墨点了点头。

"如果还想利用项链继续做文章,那就需要项链登场了。项链不是被找到的,而是带着使命和陷阱自己出现的。"

"我们就不可能提前找出来吗？"

东川摇了摇头："苏菱倩说她在离开房间的时候见过项链，无论是不是事实，她说的就是证据。"

俞墨叹了口气说道："五十六个人，连一个值得继续调查的都没有。"

……

东川打开车门的时候，俞墨突然笑着说道："东川，我找到了一个让你留下的理由。"

东川面带微笑地看着俞墨。

"迪迪。"

"俞墨，这个理由不太充分吧？"

"狗狗和项链都消失了，我们总要找到一样吧。"

……

俞墨建议从最后消失的地方开始寻找。

沙滩是公共的、开放式的。俞墨和东川去得很早，沿着海边一路走向苏菱倩的别墅。有两名工作人员在不远的前方推着一辆小车一路捡拾被海水冲上岸边或人类遗留在沙滩上的垃圾。还有一些沿着海边晨跑的人。

海浪复原了昨夜也许有过的人类留下的痕迹，两名工人又捡拾走了海浪留下的痕迹，整段别墅区内的海滩干干净净。

东川在两名工作人员休息的时候走近他们，与他们闲聊了起来。东川的友好、谦虚让两名工作人员很容易就接受了，再加上不时的赞扬和语言的引导，让两名工作人员完全开启了畅聊模式。

　　两名工作人员不但知道大明星苏菱倩丢失了一条昂贵的钻石项链，而且还知道大明星的狗狗也丢了，甚至还知道苏菱倩曾对优迪说过：找不到狗狗就滚蛋。重金酬谢的一万元是优迪自己出的，几乎所有的物业工作人员和各业主家的保姆都在积极帮忙寻找狗狗，甚至还有人猜测狗狗会不会被弄死后埋在沙滩了。

　　等两名工人走远后，俞墨惊讶地说道："工作人员居然知道这么多，而且很多事应该是在苏菱倩家里发生的。"

　　东川笑了："有很多事情在一个圈子里是完全公开的，而在其他圈子里就是秘密。"

　　"在调查过程中，我的同事也询问过很多工作人员，这些消息完全没有听说过。"

　　"之前是询问，刚才是闲聊。"

　　"东川，来的人都应该是苏菱倩的朋友、熟人或是有一定身份和素质的人，真的有可能把狗狗……"

　　"俞墨，你是给苏菱倩和当晚被邀请来的人设定了一个标准，你这个标准也许设定高了。"

　　"做人的基本道德而已……"

　　俞墨瞬间就推翻了自己：项链消失了，无论是被偷走的还是被藏起来的，都不符合做人的基本道德。几个时间段内苏菱倩和一位或几位客人在房间里发生的事情，项链背后的故事，苏菱倩和优迪之间的关系，等等，几乎找不出一件符合做人基本道德标准的事情。

俞墨静静地看着东川。

"燃放烟花的时候就是最佳的时机。"

"其他所有的人都在观看烟花。"

东川微笑着点了点头。

俞墨和东川立即去了为当晚提供烟花的销售公司，只找到了其中一名在当晚负责燃放烟花的专业人员，另一人去了外地。

据那名专业人员回忆，烟花是用快艇运到沙滩的，燃放后也是用快艇把垃圾运走的。在燃放烟花前见过一只小狗，当时小狗在沙滩上乱跑，人们怕燃放烟花的时候伤到小狗还特意撵过两次。当晚有很多人都是自己动手烧烤的，其中有两个男生在靠近别墅左侧、在其他人后面的沙滩上挖了一个远远看着有点深的沙坑，当时他和同伴还小声议论过再挖深点会不会挖到海水的话题。最后那名专业人员打电话和同伴确认大致位置后，画出了一张草图。

在那张草图的指引下，东川和俞墨挖出了两个烧烤沙坑。其中一个较浅，找到少量的炭碎块和一个破裂的锡纸包。另一个比较深，里面有大量的炭碎块和一大块类似小狗形状、几乎碳化的物体，东川在灰烬中找到了一块合金材质的圆形狗牌。

东川小心地用面巾纸包好圆形狗牌后问道："俞墨，我想单独接触一下优迪，可以吗？"

"当然可以。"

……

东川打电话用迪迪约出了优迪。

在咖啡厅里，优迪看见东川没有丝毫表情，只是站在桌旁从包里拿出一个微鼓的信封，盯着东川说道："酬谢我带来了，狗狗呢？"

东川笑着说道："我不确定是不是你要找的狗狗。"

优迪立即把信封装进了包里："带我去看狗狗，或是给我看图片也行。"

东川从口袋里掏出面巾纸包，用右手的食指压着轻轻推到了自己的对面。

优迪犹豫了一下，在东川的对面坐下，慢慢地打开面巾纸包看了好一会儿才抬起头，毫无表情地说道："这是迪迪的狗牌。"

东川静静地看着优迪。

优迪依然毫无表情地问道："狗狗呢？"

"我找到狗牌的时候就是这个样子。"

"你只找到了狗牌？"

"这个狗牌还能辨认，其他的就不容易辨认了。"

优迪毫无表情静静地看着东川。

东川轻轻地笑了笑说道："也许，在你的意料之中！"

优迪突然站起身说道："只要见到狗狗，我就会立即兑现酬谢。"

"也许，你的兑现永远无法实现；也许，你会一直找下去；也许，只是一个离开的理由。"

优迪语气生硬地说道："我完全听不明白你在说什么！"

东川看着优迪的眼睛认真地说道："在一个圈子里完全公开

的事情，在其他圈子里很可能就是秘密。"

优迪在避开东川目光的时候眼神里掠过了一丝慌乱。

"有时候听听别人的看法，是有助于修正自己方向的。"

优迪慢慢地坐下后，语气缓和了一些说道："迪迪对我真的很重要。"

东川突然压低声音说道："我以前一直在小县城生活，第一次来这么高档的咖啡厅，真不知道口袋里的钱够不够请你喝一杯咖啡的。"

"哈哈……"优迪用手掩着嘴笑出了声音，"我请你好了。"

东川表情严肃地摇了摇头："不行，是我计划好请你喝咖啡的。"

一个小插曲让优迪放松了许多。她摘下背包，调整一下坐姿，叫来了服务生。

……

优迪用勺子轻轻地搅动着咖啡说道："和你一起去的女警察为什么会带你一起去？"

"她相信我能发现一些事情，让我协助办案。"

"比如说这个？"优迪看了一眼那块满是炭灰和沙粒的圆形狗牌。

"是我们一起发现的。"

优迪看着东川问道："对寻找项链有帮助吗？"

东川摇了摇头："只能证明她请来的有些是狐朋狗友级别的。"

优迪轻轻地笑了。

"我们还查到了那条钻石项链前世的故事。"

"已经找过她了，很轻松地就打发走了。"

东川看着优迪的眼睛说道："我猜测拿走项链的人并不是为了收藏或是金钱，也许只是为了在鸡蛋上留下一条缝。"

优迪用右手轻轻地抚着额头，掩饰了一下眼神后笑着问道："为什么？"

"因为苍蝇不叮无缝的蛋！"

"价值三千多万，留下这条缝的风险是不是太高了？而且，这枚鸡蛋已经有很多条缝了。"

"价值是三千多万，但是并不代表有风险，有的时候消失只是暂时找不到而已。"

优迪静静地看着东川。

"或是，在无意中发现有小偷，又在无意中为小偷留了门。"

优迪轻轻地点了点头："有道理！"

"都是我瞎猜的。"

优迪笑着问道："那你再猜猜钻石项链什么时候会再次出现？"

东川认真地说道："你告诉我的时候。"

"我告诉你的时候？"

"我明天就要离开了。"

"那我为什么一定要告诉你？"

"第一，我请你喝咖啡了；第二，我可以帮你指明一个值得你参考的方向。"

优迪笑着问道："什么方向？"

"优迪，我看过一部分调查记录，以你的才能给真正的大老板做秘书绝对绰绰有余，甚至会有一些大老板争着抢着要你的。"

优迪端起咖啡杯，眼睛看向了窗外……

良久，才转过头看着东川说道："谢谢你！"

……

一杯咖啡喝完，优迪从包里取出那个信封用双手放在东川的面前："谢谢你帮我找到了迪迪的狗牌。"

东川取出一张俞墨的名片放在信封上，轻轻地推了回去："请你在有机会发现那条钻石项链的时候告诉我。"

优迪想了想说道："我有机会发现的时候一定会告诉你。"

……

俞墨听完东川的讲述之后，问道："你的答案呢？"

"优迪看见狗牌上的炭灰和沙粒毫无表情，没有表现出惊讶和怀疑，我推断优迪知道狗狗的去向。寻找狗狗只是给苏菱倩看的，她了解苏菱倩，甚至是给自己找了个离开苏菱倩的借口。"

俞墨轻轻点了点头。

"那条钻石项链以后一定会出现，出现的方式也许会出人意料。"

"拿走项链的人就不怕我们反向追查吗？"

"你们警察是讲究证据的。"

俞墨笑了，想了想问道："东川，我们就真的不可能在项链主动出现之前找到吗？"

东川摇了摇头："俞墨，项链是在一个奇葩的环境下消失的。苏菱倩会为了寻找项链说实话吗，你们调查过的那些人说的都是实话吗，会有人为了提供线索而暴露自己或是得罪其他人吗，你们能在没有任何障碍和压力的前提下开展调查吗？"

俞墨向后靠在椅背上长长呼出了口气，说道："感觉就好像是我们一直在被牵着鼻子走，甚至是成了拿走项链去完成某种目的的人的帮凶。"

"有人提供线索的时候，你们会去深究提供线索的人是如何发现线索的吗？"

俞墨摇了摇头。

"俞墨，有人给你打电话告诉你项链的事情的时候，记得告诉我一声。"

俞墨突然笑着问道："东川，你就这么自信？"

东川也笑了："这不是自信，这是算卦的概率，我现在和你说了，以后万一有人给你打电话告诉你项链的事情，那时候你就会感觉到我预言的准确。"

"那要是一直没有人给我打电话呢？"

"也许你会忘了我说过的话。"

"我要是一直记得呢？"

"那就是有人给你打电话的时间还没到。"

"要是在项链出现后没有人给我打电话呢？"

"解释同上。或者，项链已经出现了还用给你打电话吗？"

"哈哈，这么说，赢的一定是你。"

"狗狗已经找到了。俞墨，我明天可以回秋桐县了吧？"

俞墨看着东川说道："我可以放你回秋桐县，但是有一个条件。"

东川静静地等着俞墨的下文。

"把你的猜测、推测和预测全部告诉我。"

东川叹了口气说道："俞墨，你们需要的是真真实实的证据，我的猜测和推测很容易误导或是带偏你……"

"东川，你离开后，我立即百分之百退出这个案子。"

东川无奈地笑了笑，喝下一口咖啡后说道："我是把当时的环境和资源融合在一起，去推测能拿走项链的各种可能性。"

俞墨认真地听着。

"苏菱倩的卧室在三楼的最左侧，门口的位置被栏杆外侧悬挂的巨幅照片完全挡住了。房门自动关闭的时间是五分钟。优迪离开之后，如果有人从二楼去三楼苏菱倩的卧室，并且当时房间内的人已经进入了忘我的状态，那就完全有机会在不被察觉的条件下进入房间，拿走项链再顺手关闭房门。当时在场的人只要是知道房间内的人会进入一种什么状态，那就都有机会。"

"拿走项链的人就不害怕手环会发出警报吗？"

东川摇了摇头："不一定所有的人都知道手环的存在，知道的人可以顺手将手环关闭再开启，手环的报警功能我们没有现场测试过。"

俞墨轻轻地点了点头："带走项链就容易了。"

"我猜测项链不是主要目标，苏菱倩才是。利用项链能给苏菱倩造成多大的损失，什么样的人拥有利用项链的能力，利用项链的人如何毫无干系地脱身。结合这些推测，拿走项链的人一定会利用苏菱倩的弱点或是习惯等着用项链进行致命一击的。"

"还有吗？"

"没有了。"

"预测呢？"

"我不了解苏菱倩，天马行空的预测那就太多了。"

"天马行空的预测我也要听。"

"比如说，哪天苏菱倩突然在什么地方发现了项链，一时贪心把项链藏了起来，或是哪天被别人发现项链就在苏菱倩的包里，或是有一天被人捡到送去了警局，或是项链上的钻石被取下又重新做成了其他饰品……"

俞墨突然打断了东川："这种可能性比较大。那条项链上只有那颗最大的钻石有详细的鉴定记录，是可以全球追踪的。其他的小钻石如果单独销售，完全没有被追踪到的风险……对呀，如果把那颗最大的钻石重新切割……太可惜了，除非切割成不值钱的小块，否则依然存在被追踪到的风险。"

"这点我真没想到。"

俞墨笑着问道:"东川,你是没想到,还是你把那颗大钻石定义为打击苏菱倩的筹码,所以被切割成小块的可能性不存在?"

"是真的没想到。"

……

东川回到秋桐县后,生活依旧平淡如水。

三个月后,东川接到俞墨的电话:丢失的项链上的那颗最大的钻石找到了,就在苏菱倩刚刚购买的一条新的价值不菲的钻石项链上。

俞墨收到一张照片,照片上苏菱倩戴着刚刚购买的钻石项链笑颜如花,钻石项链上那颗最大的钻石被用红笔圈上了。

经过权威机构鉴定,苏菱倩刚刚购买的钻石项链上的最大的钻石,就是报案丢失的钻石项链上的那颗最大的钻石。

苏菱倩的解释是当年她去法国重新镶嵌钻石项链的时候,一个人偷偷购买了一颗大小形状一样、足以以假乱真的假钻石,原本是为了欺骗那位情人而准备的。从法国回来之后害怕别人发现这个秘密,就把购买假钻石的收据和相关鉴定全部销毁了。因为没用上,就一直尘封在自己的保险柜里。那条钻石项链丢失后苏菱倩去过很多珠宝店,没有中意的才想起了那颗一直尘封的假钻石,大小正好足以炫耀。又因为害怕别人知道那颗钻石是假的,于是大费周章地请珠宝店的钻石镶嵌师到家里完成了那颗假钻石的镶嵌。

也许苏菱倩说的都是真的。但是,没有人相信!

就连当年陪同她一起去法国的好友也不知道假钻石的存在，而且苏菱倩确认卧室里隐藏在衣柜后面的保险柜只有她自己知道密码。

苏菱倩提供的唯一线索就是在确认钻石项链丢失之前，曾发现保险柜没有锁好。

……

一吨金砂

七月六日。

东川正在整理图书,突然口袋里的手机发出嗡嗡的震动声,是一个陌生的号码。东川把手机放回口袋里继续整理图书。

不到十分钟,一位同事来找东川,小声说道:"东川,办公室里有电话找你。"

东川回到办公室,接起电话。

"您好,我是夏东川。"

"东川,是我,我手机没电了,刚才我用别人的手机给你打的电话。"是俞墨的声音。

"刚是你给我发的短信呗。"

"哈哈,对呀。"

"什么好事这么急着找我?"

"天大的好事!"

"那真是太大了!"

"哈哈,有可能是一件旷世奇案。"

"俞墨,图书馆最近真的很忙。"

"东川,你知道我的能量。"

俞墨的能量就是给舒桐爸爸打电话。

东川苦笑着问道："过几天行吗？"

"不行，你马上出发能赶上下午三点的火车……"

东川向馆长请了假，给妈妈打了电话后就直奔火车站。

二十二个小时之后，东川在一个很小的站台见到了俞墨。

"俞大警官，你现在管辖的范围越来越大了。"

"我是来看我同学的，碰巧遇上了一件非常离奇的案子。"

"俞墨，你原计划什么时候离开这里？"

"原计划是三天后。"

"你不准改变计划，三天后我和你一起离开。"

"哈哈，我也是这么想的。"

东川笑了。

"有一个金矿的矿主在自己的大仓库里修建了一个保险库，在里面存放了超过一吨的金砂。一吨金砂不见了，昨天报的案。保险库的门上一共有三道锁，都没有被撬动过的痕迹，保险库内外也没有发现任何被破坏过的痕迹。大仓库里面有夜间打更的，还有两条狗，据矿主说金砂是他和一名司机两个人运进保险库的。当地警方勘查完现场后甚至怀疑保险库内根本就没有存放过金砂。"

俞墨说完看着东川问道，"怎么样？"

东川故意问道："什么怎么样？"

"你少装糊涂，我给你预留了选择的机会。"

俞墨既然给自己预留了选择的机会，那就代表俞墨还没把自己介绍出去。

东川笑着说道："你就不该给我打电话。"

俞墨轻轻咬了一下嘴唇，说道："我给你打电话之前没看过保险库。"

东川的眼睛瞬间一亮：究竟是什么样的保险库竟然会让俞墨后悔给自己打电话？

"我选择放弃，但是我想去看看保险库。"

"明白！"

离开车站，俞墨领着东川走向了一辆白色的越野车。从越野车上下来一个和俞墨年龄相仿的女孩，站在车旁等着。

俞墨走近介绍道："田笑，这位是我的朋友东川。"

"田笑你好。"

"东川你好。"

坐进车里，俞墨对田笑说道："笑笑，东川是一个侦探迷，听我说了那一吨金砂的案子，想中途下车看看那个保险库。"

田笑想了想，说道："我对我同事说是你想再去看一次。"

……

俞墨看过保险库后悔打电话绝对是有道理的！

当地警方怀疑保险库内根本就没有存放过金砂更是有道理的！

那个保险库的外形三米长、三米宽、三米高，内部空间两米宽、两米长、两米高，六个面除了门的位置全部都是用一米厚的钢筋混凝土一体浇筑而成的，内壁是一层一厘米厚的钢板，接缝处焊接得非常完美，门两侧的钢板上各有等距排列的四个超大螺栓。内壁除了门口一面，剩余五面全部是两米见方的一整块钢板，钢板上都等距排列着十六个超大螺栓。门大约一米宽、近两米高、半米厚，是从法国购买的，防爆级的。

矿主正好在，是一个四十出头、满脸黝黑的汉子。

东川询问后得知，建造保险库的时候，是先用一厘米厚的钢板焊接成型，在外面包裹上二十号螺纹钢框架，最后用混凝土一体浇筑。在混凝土里面还隐藏着一根导线织成的格子网，导线的任何一处被切断都会触发报警装置。那些超大螺栓是为了防止钢板被混凝土挤压变形而设置的，在螺纹钢框架上对应焊接着特制的、长长的、封闭式的螺母，在混凝土没有凝固之前可以随时调节螺栓，保证每一面钢板的平整。

东川听完后赞道："太完美了。谁帮您设计的？"

矿主阴霾的表情中露出了一丝自豪，说道："我自己设计的。"

"能和您随便聊聊吗？"

矿主苦笑了一下说道："这两天被问得太多了，聊聊还是第一次。"

"是我失礼了，还没请教您贵姓？"

"免贵姓吕，双口吕，吕顺。"

东川伸出右手，说道："吕哥您好，小弟东川。"

吕顺热情地握住东川的手，说道："东川老弟你好！"

"吕哥，如果您信得过我，您就把事情的来龙去脉都给我讲讲。"

吕顺掏出烟递给东川。

"谢谢吕哥，我不吸烟。"

吕顺点上一根烟，缓缓说道："我那个矿一直不被人看好，我在矿里发现一条干涸的暗河，我坚信一定能采到金砂。我这几年把家底全部都投进去了，还借遍了亲戚朋友。四个多月前……"吕顺憨憨地笑了笑，继续说道，"真的挖到了金砂，好多好多。当时水泵坏了不能淘洗，我让工人先碾碎，再用鼓风机吹，最后挑拣出大的石子，剩下的沙粒和金砂就一起运回来了。"

趁吕顺抽口烟的时候，东川插话问道："那就是说保险库存放的并不是一吨金砂？"

"那要是一吨金砂还了得！"吕顺又狠狠地吸了一口烟，继续说道，"每次放进保险库之前我都过秤了，一共是一千零五点七公斤，我估摸着金砂至少能有两百公斤以上。挖了大概十三四天金砂就没了。赶巧我岳父住院了，我卖了十公斤金砂给工人开的钱，又给了彩头，就去医院照顾我岳父了。我岳父出院后，我又带着老婆孩子出去玩了一圈，等我回来……"

"矿上的工人知道金砂放在这里吗？"

吕顺想了想，说道："应该都能猜个八九不离十。"

"亲眼看见过您把金砂放进保险库的有多少人？"

"亲眼看见的只有我和司机，他帮我抬的，帮我过的秤。"

"您去医院以后，到发现金砂不见的这段时间还打开过保险库吗？"

"我去医院之后一次没回来过，保险库的门也只有我一个人能打开。而且……"吕顺看了看四周没人，压低声音说道，"我走之前还做了记号，把一个死盖盖虫放在门边，还用一个小石子压上了，我回来开门之前还特意看了一眼，小石子在，那个死盖盖虫也在，让我一脚踢走了。"

如果吕顺说的是真话，那完全可以确认保险库的门真的没有被别人打开过。

东川微笑着问道："吕哥，您推测金砂是怎么消失的呢？"

吕顺露出一脸的愁苦，说道："老弟呀，我感觉就是在梦里一样。白天这个仓库大门敞开着，人进人出的，晚上大门是从外面锁上的，里面还有打更的和两条狗。仓库左边是七八个工人住的地方，右边住的是我亲爹亲妈，老两口睡觉都轻，一有动静就醒，院子的大门晚上也上锁，院里还有两条狗。那个保险库别说是金砂，就是在里面放个屁，臭味都散不出去。"

"吕哥，打更的为什么住在仓库里面？"

"仓库的大门在里边能顶上，就是把外面的锁头砸开想进去也不容易。"

东川的好奇心完全被勾引起来了。如果那将近一吨的沙粒和金砂真的被人悄无声息地偷走了，绝对是奇案。

东川看了看站在远处聊天的俞墨和田笑，说道："吕哥，您能不能把仓库里的狗先弄出去，再把我锁在里面，让我体验一下？"

"没问题。"

......

东川先把一千多平方米的仓库仔细搜索了一遍，没有发现任何可疑的痕迹。他把存放的工具也全部查看了一遍，也没有任何发现。最后，东川走进保险库，把里面的灯接上，从门口开始一寸一寸地检查，没有任何可疑的痕迹。棚顶的十六个超大螺栓无法近距离观察，其余的五十六个超大螺栓与钢板之间严丝合缝。唯一让东川疑惑的是地面的钢板上，极淡的灰尘分布有些不均匀，甚至在一些不规则的形状内完全没有灰尘。

东川准备离开仓库的时候，突然感觉紧靠着保险库墙体放着的那张单人木床有一点不合理。在仓库里面打更，大门应该是重点看守目标，而且躺在床上看着大门总比看着对面的墙壁好一点吧。东川再次走近那张单人木床，先把脏不拉叽的被子慢慢打开仔细检查，没有任何发现，再仔细检查褥子，在褥子面缝合时折叠的一角里竟然找到了一粒黄澄澄的金砂；东川闻了闻被子和褥子，汗潮味中竟然都夹杂着一股水泥灰的味道。东川发现应该是用来遮挡紧挨着床一侧的保险库水泥墙面的一大块碎花布，异常平整，伸手摸了摸，是完全粘在水泥墙面上的。东川立即把床挪开，检查碎花布的边缘，厚厚的糨糊简直有些离谱，就连碎花布边缘的线头都被牢牢地粘在水泥墙面上了。无法理解的是，碎花布的上边缘只高出了床面不足六十厘米，而下边缘一直到了地面，甚至还富余了三四厘米。

这时，突然响起了咣咣的声音。

东川急忙把床推回原位，把被子和褥子尽量恢复到原来的样子。他加快脚步，刚走到门口，大门就被打开了。

吕顺、俞墨、田笑和一个五十多岁、很邋遢、看起来很结实的男子正站在大门口。

俞墨故意带着几分责备的语气问道："东川，你是不是在里面睡着了？"

东川急忙说道："抱歉，真是抱歉。吕哥，保险库里真是太安静了，我真的差一点就要睡着了。"

"我们也差一点把你忘了。"田笑语气里的责备绝对是真的。

"我一直没敢打扰你，打更的宋哥来了，正好……"

"宋哥您好！"东川热情地伸出了右手。

宋哥急忙把右手提着的帆布袋子交到左手，和东川握了握手。

东川在宋哥的右手手腕处发现两处烫伤，一处是旧痕，一处是新伤。宋哥的手掌很厚很粗糙，绝对是力量型的。

"宋哥，不好意思，您袋子里有没有吃的，我的血糖不稳定，饿了……"

"有，有，我带的晚饭。"

宋哥从帆布袋里掏出一个很大的铝饭盒。

"宋哥，我吃几口就行。"

东川打开饭盒，里面只装着两个大馒头和一些咸菜。东川抓起一个大馒头狼吞虎咽地吃了起来。

"你慢点，我这还有水。"宋哥从帆布包里又掏出一个超大的太空杯，递给东川。

东川就站在门口，一口馒头一口水，把一个大馒头全吃下去了。

最后，打着噎嗝说道："宋哥，真是不好意思。"

"没事，没事。"

吕顺有些不好意地说道："我真不知道你的血糖不稳定，我已经让家人做饭了。"

……

吕顺一再挽留，田笑坚持离开。

俞墨和田笑上车之后，东川把吕顺拉到一边，小声地问道："吕哥，您放在保险库里的沙粒和金砂有大块的吗？"

吕顺想了想说道："最大的也就是火柴头大小。"

"送进保险库的过程中有掉落的可能吗？"

"绝对没有可能，我都是用塑料盒子装的。"

"在保险库里也是用塑料盒子装着吗？"

"不是，就直接倒在里面了。"

"沙粒和金砂中的灰尘大吗？"

"鼓风机的力量很大，吹过之后几乎就没有什么灰尘了。"

"您说的几乎能达到什么程度？"

吕顺想了想，说道："这么说吧，倒完的塑料盒子里面，用手摸过以后才能看见一点灰尘。"

"宋哥给您打更多长时间了？"

"快两年了，我们是一个村的，他会雕刻石头的手艺，在外面干了十多年没挣着什么钱，大约三年前回村的。晚上给我打更，白天也帮人雕刻石头。"

"家人呢？"

"说是外面有老婆，没跟他回来，自己一个人住在老房子里。"

"他带的馒头是从哪里来的？"

"应该是他老娘给他蒸的，他老娘在他妹妹那儿住，也是我们村的。"

"宋哥在您离开的时间段内请过假吗？"

"请过，村里有三位老人没了，他都去帮忙守过夜。是他老娘让他去的，宋哥很孝顺。"

东川看着吕顺的眼睛说道："吕哥，我相信您说的话。"

"东川老弟，谢谢你！"

"吕哥，按照您所说的，那些金砂值很大一笔钱。无论您发现任何线索或是有任何察觉，都不要一个人去冒险，就是平时也要注意个人安全。"

"我明白。"

东川刚要转身离开，吕顺突然说道："东川老弟，如果你能帮我找到丢失的那些金砂，

我分一半感谢你。"

东川笑了笑说道："吕哥，有些事情和钱完全没有关系。"

……

东川上车之后，田笑开玩笑似地问道："东川，我看你不仅仅是侦探迷，还是很多迷。"

"真的很抱歉，是我耽误时间了。"

俞墨当然听出了田笑语气里的不满，问道："东川，你想吃点什么？我请你。"

"真的是你请我，我走得匆忙，钱带得不多。"

田笑通过后视镜看了看东川，说道："墨子，我真是服你了，怎么能让你请呢？我请，东川你想吃什么？"

"田笑，说真的，刚才那个大馒头差不多饱了。"

"东川，你真让我无语了。"田笑语气里的不友好越来越浓了。

俞墨急忙说道："东川，晚上我陪你住宾馆吧。"

"啊……"田笑惊讶得差点去踩了刹车，在心中大喊，"俞墨，你的品位什么时候变成了负值？"

东川笑了："不好吧？"

俞墨笑着说道："我是不会让你一个人自由的。"

田笑的心里几乎抓狂了："俞墨，你不但品位负值，而且还竟然饥不择食！"

俞墨知道东川根本没有什么血糖不稳定，要吃的一定有目的，在仓库里那么长时间说不定是发现了什么。她陪东川去宾馆住的目的是避开田笑，不让东川一个人自由调查，是想和东川一起行动。

田笑突然认真地问道："墨子，你是不是需要给我一个合理的解释？"

"给你什么解释……"俞墨突然明白了，用手指轻轻地戳了一下田笑的头，故意狠狠地说道："死丫头，你想歪了！"

……

田笑故意点了很多菜，东川飞快地吃完后就不礼貌地离开了。

东川找了家日杂商店，买了和宋哥一样的大饭盒和超大的太空杯，都装满沙子后一量，竟然超过了十二公斤，如果换成是沙粒和金砂还要重一些，三个多月运光保险库里将近一吨的沙粒和金砂，时间足够了。

……

东川刚回到宾馆的房间，门铃声就响起了。

俞墨关好房门就迫不及待地问道："东川，你发现了什么？"

东川笑着问道："田笑呢？"

"哈哈，我把她打发走了。"

东川把自己收集到的、观察到的和实验得到的所有信息不加任何个人判断地给俞墨讲述了一遍。

俞墨认真听完后，思考了好一会儿，说道："东川，一米厚的钢筋混凝土，里面隐藏着用一根导线织成的格子网式报警电路，最里面是一厘米厚钢板焊接成的整体，我认为唯一的可能性就是打开门拿走。吕顺说只有他能打开保险库的门，这点是不能百分之百确认的，可以在隐藏处安装专业的摄像装置，很容易就能洞悉一切。"

东川轻轻点了点头。

俞墨继续说道："如果足够细心，盖盖虫和小石子也一样可以发现。"

"俞墨，以你的能力，能不能弄到像影视剧里那么厉害的摄像装置？"

俞墨看着东川轻轻地摇了摇头。

"无论多么牛的摄像装置，都需要足够的光线，仓库里现有环境下的光线绝对不够，如果人为增加了光源，吕顺不会发现吗？"

俞墨陷入了沉思。

"还记得《肖申克的救赎》吗？"

俞墨的眼睛一亮："一点一点地挖掉混凝土……避开导线……锯断钢筋……那一厘米厚的钢板怎么办？"

东川提示道："那些超大的螺栓。"

"那些超大的螺栓不是要比钢板更难处理吗？"

"俞墨，那些超大螺栓都有一个对应的、特制的、长长的、封闭式的螺母，在混凝土凝固之后，如果那些螺母的封闭性足够好，那些螺栓可能很容易被拧动。"

俞墨思考了片刻分析道："在螺栓杆上做一个装置，拧动螺栓，让螺栓掉进保险库里，那就留下了一个和螺栓一样粗的洞，利用这个洞把沙粒和金砂运出保险库，然后再把螺栓拧回去，最后再用水泥把墙体修补好。"

东川轻轻点了点头。

"可是……能拧动螺栓的装置怎么做，螺栓掉进去……"

"因为螺栓杆足够粗，我能想到的简单办法是在螺栓杆顶部焊接上一个细一点的 T 形装置，这样螺栓就不会掉进去，而且再拧回来的时候也很容易。沙粒和金砂最大的不过是火柴头大小，可以用管子吸出来。"

……

俞墨思考了几分钟后，大声赞道："东川，你真是太厉害了！"

"那只是……"

"东川，你不许再说那只是巧合而已。"

东川展开双手笑了笑。

"东川，下一步怎么办？"

东川明白俞墨意思，轻轻摇了摇头："俞墨，我们只是找到了一种可能性而已，而且……"

俞墨知道东川而且后面省略掉的意思，问道："我让田笑过来可以吗？"

"俞墨，你自己考虑清楚就好。"

俞墨笑了："你放心吧，田笑只是把你看走眼了。"

……

不到半个小时，田笑就用最快的速度赶到了。

俞墨把东川收集到的、观察到的和实验得到的大部分信息再加上个人的判断给田笑讲述了一遍。

田笑认真听完，思考了片刻问道："假设是宋哥偷走的金砂，他不可能知道吕顺什么时候回来。他就不害怕吕顺提前回来，打开保险库，发现金砂少了吗？"

俞墨看了看东川。

东川笑了笑说道:"即使吕顺提前回来发现金砂少了也是一样的,除了司机,他依然无法拿出保险库里存放的沙粒和金砂总质量的有力证据。"

"而且……"俞墨把而且后面省略的问题留给了田笑。

"没有足够的证据能证明保险库里存放过将近一吨的沙粒和金砂。即使我们能找到保险库混凝土墙体被破坏过的痕迹,对宋哥也只能是进行询问,因为他有几天晚上是不在仓库内的。"

俞墨笑着说道:"最直接的办法就是找到那些金砂。"

"墨子,能悄无声息不留丝毫痕迹偷走将近一吨沙粒和金砂混合物的人,有可能把赃物藏在容易被人找到的地方吗?而且沙粒和金砂是很容易藏的,随便埋在哪儿都行。"

俞墨看着东川笑着。

东川急忙说道:"田笑说得已经很清楚了。"

"我知道,不可能为了不确定存在的金砂,而兴师动众漫山遍野地去找。"

田笑突然明白了俞墨的意图,看着东川真诚地说道:"东川,很抱歉,之前……"

东川急忙打断了田笑,说道:"你那是为俞墨负责。"

"东川,两天以后无论有没有收获我们都离开。"俞墨转头看着田笑问道,"笑笑,你的态度和支援呢?"

"我百分之百参与,但是我能提供的支援几乎没有。第一不是我们市局直接管辖的案子;第二地方县局对这个案子还没拿出明确的态度;第三我弄不到任何装备。"

东川的心头一紧，在搜查仓库的时候，他发现两枚猎枪弹壳，而且其中一枚比较新。

"俞墨，无论是一个人还是一个团伙，一旦发现……"东川轻轻摇了摇头。

俞墨完全明白东川省略掉的意思，丢失的金砂的价值是以千万计算的，无论是一个人还是一个团伙，一旦发现威胁一定会拼死一搏的。

"东川，目前金砂是否存在还不能百分之百确认，如果偷走金砂的个人或是团伙做出过分的动作，那就是主动为警察提供侦查的方向。而且，有能力偷走金砂的个人或是团伙应该能沉得住两天的气。"

俞墨的理由完全合理，而且东川也不认为自己能在两天内发现有价值的线索。

"我也住在宾馆，随时配合行动。"

东川突然想到一个可以尝试的办法，问道："田笑，当地人相信鬼神吗？"

"绝对相信！"

"马上帮我联系吕顺。"

……

"吕哥，我是东川，您现在有时间吗？"

"我……有时间。"

"我想和您见一面。"

"东川老弟，你在哪里？我去找你。"

……

见面后，东川直接问道："吕哥，您考虑过金砂的丢失是非人力因素吗？"

"东川老弟，实话对你说吧，接你电话的时候我就是在去找人掐算的路上。"

"吕哥，您相信我吗？"

吕顺毫不犹豫地说道："我相信。"

"吕哥，一会儿您继续去找人掐算，无论什么结果，回去的时候多买些好酒好菜，把工人和宋哥都叫上，就在仓库里喝酒。告诉他们，您已经找到高人了，过两天就在仓库里做法寻找金砂，说得越玄乎越好。"

"这个我会说。"

"您再故意透露一个消息，就说我是找金子的专业人员，把我说得越专业越好。还要重点说明我找金子是为了自己，荒野山间，谁找到了金砂，那金砂就是谁的。"东川让吕顺这么说的目的是为了让偷走金砂的人重点关注和防范自己，因为自己对于偷走金砂的人而言就是小偷，而且是毫无风险可以正大光明偷走他辛辛苦苦偷来的金砂。

吕顺用力点了点头。

"所有工人和宋哥，一定要让他们喝醉，您自己随便，明天中午之前不要让他们离开。就这些，您能记住吗？"

"我都记住了。"

……

七月八日。

东川、俞墨和田笑起大早去了宋哥住的村子。

经过打听后找到了宋哥住的老房子，东川一个人悄悄溜了进去，让俞墨和田笑在村子里继续绕圈子，沿途多多向人打听宋哥的消息。

……

不到半个小时，东川就检查完了宋哥住的老房子。

一共三间。东侧一间，炕上铺的破旧席子上面落满了灰土，炕洞子里挂满了灰网，红砖地面上没有丝毫被动过的痕迹。中间一间，靠北墙立着一捆、倒着一捆野草柴火，西侧靠北是一个灶台，一口铁锅的锅底锈迹斑斑，中间是东西两侧房间的门，西侧靠南有一口水缸，缸里装着大半缸水，红砖地面上没有丝毫被动过的痕迹。西侧一间，炕上铺的是一张完整的炕席，炕头卷着行李，炕尾放着一张炕桌，炕桌上有两个套在一起的铝盆，里面装着两个盘子、三个碗和十来根筷子。地上靠西墙用两摞红砖架着一只旧木箱子，上着锁。东川慢慢抬动了一下木箱，很轻。

东川搜查老房子的目的不是想要寻找金砂的痕迹，而是想要进一步了解宋哥，同时也希望能找到宋哥右手手腕处两处烫伤的关联。

……

宋哥雕刻石头的地点是在村东十里外的废弃采石场。村里人需要石头的时候都是去那里挑选后带回来，只有宋哥一个人在那里雕刻石头，说是怕影响邻居。

……

到了采石场，放眼望去近似于长方形，约十几万平方米，堆满了大大小小各种形状堆堆叠叠在一起的石头，东、南两侧的边缘是近百米高、几欲坍塌的土崖，西、北两侧的边缘是茂密的树林。

俞墨和田笑是满脸的苦涩：要是把金砂藏在这里，那找起来就是大海捞针。

东川开心地笑了：如果真是宋哥偷走的金砂，那这里就是最好的藏匿之处。

"东川，你笑什么？"

"这个地方可以不用搜索了。"

俞墨和田笑的目光几乎同时锁定在西北方向，树林边上那间小屋。只有一条只能容下一只脚的小路通往这间石头小屋。

……

半个小时的搜索让俞墨和田笑完全失望了。

石屋里外非常干净，只有大、小碎石。除了几样雕刻石头用的工具，没有找到任何能让人展开猜测的东西和痕迹，甚至连喝口水的容器都没有。

俞墨看着石屋外一大堆成品和半成品说道："如果没有这些，我绝对不会相信这里就是雕刻石头的工作现场。"

东川笑着说道："一瓶一钵足矣，而且都是自带的。"

"东川，那讲讲你的看法吧。"

"合理。"

田笑满脸的不解："合理？"

"我在老房子里什么都没发现，那里就是一个能睡觉的地方。白天在这里雕刻石头，去他妹妹家吃饭，晚上去打更。如果不是他做的，也没有别人栽赃给他，我们什么都没找到，这一切都是合理的。"

田笑追问道："那要是他做的呢？"

"也合理。把金砂藏得风雨不透，让我们什么痕迹都找不到。"

"这是什么逻辑呀？"

"不是好人，那就是坏人。"

"这是什么逻辑……"田笑突然明白了：一个看起来很邋遢的人，成年累月在这里雕刻石头，竟然没有留下和工作有关的任何痕迹。如果不是有某种特殊洁癖，那就是提前彻底收拾过了。

"俞墨，你和田笑原路返回，我在这里四周转一转。"

"什么时候来接你？"

"电话联系。"

"东川你自己小心！"

……

东川从石屋后面直接进入茂密的树林，向西北偏西的方向走出百十来米，之后是略陡的下坡，坡底有一条顺地势蜿蜒潺潺的溪流，溪水不深、清澈见底。顺着溪流艰难而下，溪流大约在三四里后汇入了一条小河，隔着小河竟然能远远地看见吕顺家的仓库。河面很宽，但是河水很浅，有些地方甚至可以踩着石头过河。

以溪流汇入口为起点，东川沿着河岸向两侧分别走出了很远，靠近采石场的河岸边不是密林、断崖就是乱石堆，那条小溪甚至算得上是唯一可通行的道路。而且在密林中的溪流里淘洗金砂更是绝佳的地点。

东川休息了一会儿，脱掉鞋袜，卷起裤腿儿沿着溪流而上仔细检查。每一步东川走得都很小心、很轻，尽最大可能地避免弄浑溪水，一直到之前沿着溪流而下的起点处毫无发现。继续向上，大约一百多米后，溪流底部的沙粒突然渐渐增多，而且沙粒的大小比较均匀，不像之前溪流底部的沙粒都是细细碎碎的。再向上百余步，在溪流左侧岸边有一块大约十来平方米的地方吸引了东川：上面虽然覆盖着一层很自然的枯草和落叶，但是没有一株正在生长的植物。

东川小心地清理掉枯草和落叶，下面的地面平整而坚实，根本没有植物生长过的痕迹。

在这里淘洗金砂吗？

东川带着疑问继续沿着溪流而上，十几米之后那些特殊的沙粒完全消失了。

再向上二十多米，在溪流右岸并排生长的两棵大树的后面有一个洞口，如果不是站在小溪里绝对很难发现那个洞口。因为洞口上面是一米多高、向小溪方向倾斜的土崖，在土崖的顶部还有一条长长的、顺着溪流方向的裂痕。

东川折断一根树枝向洞里捅了捅，软绵绵的感觉，东川又捅了几下确定不是活的动物才小心地伸手进去掏，竟然掏出了一件破旧的军绿色棉大衣，再掏，费力拉出了一个直径约三十几厘米的石臼。

看到石臼的瞬间，东川的思路瞬间被打开了，之前对金砂离开仓库后的推测有两个：一是被埋了起来。在荒山野岭随便找个地方一埋，即使被找到也不会直接关联到偷走金砂的人；二是被简单提炼成了粗金，金块更容易携带也更容易隐藏。

石臼给出了第三个推测：沙粒可以被捣碎成粉末，但是金砂不会。

东川用溪水把石臼冲洗干净后，发现石臼里面的底部就像是被镀上了一层黄金。

就在东川思考那件破旧的军绿色棉大衣的用途的时候，突然响起了有节奏的叮当声。东川飞快地回忆了一下自己离开石屋后的路线，在结合溪流蜿蜒的方向，推算出自己现在的位置和发出声音的位置最多不过六七十米远，或者说是距离石屋最多不过六七十米远。

好险！

东川在检查小溪的过程中完全忽略了时间，更忽略了宋哥出现的可能性。

东川立即小心翼翼地把石臼埋藏在溪流底部，再把那件破旧的军绿色棉大衣放回原处，之后继续顺流而上，溪流渐渐平直，前行三百多米后找到了汩汩的泉眼。

　　饱饮清洌甘甜的泉水之后，东川重新梳理起了思路：到目前为止金砂是否存在依然不能百分之百确认，被镀金的石臼也证明不了任何关联，如果金砂变成了大块的金疙瘩，在任何地方被任何人捡到都是合情合理的。东川推断的前提是相信金砂真的存在，而且真的被人偷走了，进一步推断的理由是宋哥有时间有条件从保险库里偷走金砂。如果吕顺真的按照自己交代的说出了自己是找金子的专业人士，而且还是为了自己找金子，那么宋哥的心理压力就应该有了。回到村子以后，宋哥再得知俞墨和田笑在村子里打听他的行为，这个压力会进一步增加。

　　东川决定再给宋哥增加一下压力，绕了一个大圈，直接出现在了石屋正南方向的土崖上，隔着五六百米的距离只能看到模糊的石屋，但是可以确认是否有人进出石屋。石屋里的人同样看不清土崖的人，但是可以确认有一个人站在对面的土崖上。

　　东川时而站立、时而坐下、时而消失、时而出现、时而沿着土崖走近石屋……

　　时间过去了三个多小时，就在东川第三次走到距离石屋最近地点的时候，一个人突然快步走出了石屋，东川故意快速蹲下并躲藏了起来。

　　石屋里走出的人没有向四处张望，一直低着头似乎是在寻找合适的石头。

　　东川一边盯着，一边在地上画着目标的行走轨迹……

　　石屋里走出的人足足绕行了一大圈，筛选了十几块石头后才最终选定。在两人之间距离最近的位置，东川可以百分之百确认从石屋里走出的人就是宋哥，当时宋哥站在那里盯着手中的石头看了好一会儿。

东川用手机拍下自己画在地上的轨迹图之后，隐藏身形飞快地向正南跑去。

当宋哥走到石屋门前回身看的时候，东川正好站在石屋正南方向的土崖上。

夕阳浸染山林的时候，宋哥才离开石屋，离开采石场向村子的方向走去。

东川在后面远远地跟着，一直看着宋哥走进村子后才拨通了俞墨的电话。

……

会合之后，俞墨先讲述起了她和田笑的收获。

"东川，上午我和田笑去请教了冶金研究所的专家，专家说如果能找到吕顺丢失的金砂和沙粒，那么可以对沙粒进行化验，基本可以确定采挖的地点。"

"我在石屋后面的一条小溪里发现了一些可疑的沙粒，还发现了一个石臼，石臼里面的底部就像是被镀上了一层黄金……"

田笑插口问道："石臼呢？"

"我换个地方藏起来了。"

俞墨继续说道："下午，吕顺给田笑打过电话，你交代的任务他全部严格执行了。他说在他说完你来的目的之后，工人们

都骂你，但是宋哥的反应很平淡，只说了一句'竟然还有这样
的人'。宋哥向吕顺请了几天假，说是急着要把答应别人的活儿
赶出来。"

"还有吗？"

"吕顺让田笑转告你，如果你能帮他找回金砂，他分一半
感谢你。"

东川笑着问俞墨："如果送你了，你请我吃晚饭行不行？"

"我不要。晚饭你想吃什么？"

"昨天那些菜点一半就行。"

"哈哈……"

……

七月九日。

凌晨三点钟，东川一个人离开宾馆乘坐出租车去了采石场。
他小心翼翼地接近石屋，没有人。东川立即去路边隐藏好等着。

差五分四点钟的时候，远远地看见了一路疾行而来的宋哥，
东川远远地跟着。

进入采石场，宋哥沿着树林边一路走近石屋，站在石屋后
往密林深处看了好一会儿才进入石屋。

当叮当声响起后，东川迅速绕圈过去，站在了石屋正南方
向的土崖上。

七点十二分，东川刚走到最接近石屋的位置，口袋里的手
机震动了起来，是俞墨打来的。

东川蹲下身接听了电话。

"东川，你在哪儿？"

"我在采石场。"

"宋哥呢？"

"在小石屋里。"

"东川，我……我想提前回去。"

"几点的车？"

"十一点二十分的火车。"

"九点来接我，来得及吗？"

"来得及，我和田笑九点准时到采石场接你。"

……

挂断俞墨的电话，东川没有去想俞墨突然着急离开的原因，而是思考着如何利用剩余的一百多分钟。

突然，宋哥走出石屋，左转又左转直接走进了石屋后面的密林。

东川立即看了一眼手表：七点十六分四十三秒。

六分五十七秒后，宋哥从石屋的右侧走出了密林。

东川看不清宋哥的表情，只能看清宋哥是背着双手横着走到石屋的门口，倒退着进了石屋。

六分五十七秒的时间，如果宋哥去小溪边查看存放石臼的那个洞，时间足够了。如果宋哥真的去查看了那个洞，倒是正好可以用这个机会诈一诈。

东川等了几分钟后，绕了一个大圈进入密林，沿着小溪靠近石屋的岸边一路小心地找到了那个洞的位置，从高处看见那件破旧的军绿色棉大衣正大半落在溪水里。

几分窃喜不由得飘上了东川的心头。

东川听了听节奏已经混乱的叮当声，深吸一口气，大喊了一声："我……找……到……了。"

叮当声戛然而止。

东川等了几秒又大喊了一声："我……找……到……"

"了"字还没出口，东川突然想起了一个问题：当时宋哥为什么要背着双手横着走到石屋的门口，宋哥的背后藏着什么东西吗，会是用来对付自己的吗？

突然，一阵急速刮动树枝树叶的哗哗声从身后传来，东川当即纵身跳了下去……

几乎就在东川双脚着地的同时，砰的一声在身后响起了。

东川顺势拉过那件已经被溪水浸湿大半破旧的军绿色棉大衣披在身上，低着头，蹲下身，手脚并用地冲向小溪的对岸。

砰！

东川感觉后背就像是被锤子狠狠打了好多处。

砰！

东川感觉屁股上又被锤子打了好多处，同时右大腿的外侧传来钻心般的疼痛。

第四声枪响之前东川终于安全地躲到了一棵大树的后面。

东川知道自己不是超人，就算右腿没有被打中也不一定跑得过宋哥。他立即转过身看着宋哥大喊了一声："宋哥，我也有武器，但是我只求财。"

宋哥的枪口依然指向着东川，但是却暂停了追击的念头。

"宋哥，我可以给你时间考虑。"东川悄悄地拿出手机，暗中拨出了俞墨的号码。

"考虑什么？"

"你我一人一半。"

宋哥盯着东川，紧紧地咬住了嘴唇。

"宋哥，说实话，我没有把握一枪击中你。但是，离开这里之后，我可以找人帮忙。你呢？"

"你要是出卖我呢？"

"宋哥，如果你被抓住，那些金砂就是被偷走的赃物，我还能得到吗？"

宋哥慢慢地放低了枪口。

"宋哥，你我一人一半的办法是最保险的，我离开之后，只要你不说就没有人知道我带没带走金子，更没有人知道我带走了多少，吕顺很快就会放弃寻找的。到时候你再一点一点把金子换成钱，好好孝敬你老娘，绝对没有人会怀疑你的。"

宋哥突然蹲在地上抱着头，痛苦地大声喊着："他们对我老娘一点儿都不好。"

东川迅速对着手机小声说道："保密，来接我。"收起手机后，才用手按住了汩汩冒着鲜血的伤口。

"我就是想让我老娘过几年好日子。"

"宋哥，你老娘有福气呀。"

"她要是有福气就不会生下我这个不争气的儿子，就不会受他们的气。"

"宋哥，和我一起的人知道我在这儿，也知道你在这儿，而且我身上还有 GPS 定位，你刚才的几枪要是打中我的话……你老娘……"

宋哥立即把手中改装过的猎枪扔进了小溪里。

"宋哥，我也有老娘。"

宋哥双手抱着头呜呜地哭了起来。

东川趟过小溪，用左手轻轻地拍了拍宋哥的右肩膀："宋哥，我知道你是个大孝子，你就是想让老娘过几年好日子。"

"我没有本事，出去打工也没赚到钱，还让人骗了，我老娘不知流了多少泪……吕顺一家人都对我挺好的，我当时只想弄走一点金砂，每天一点，后来……"

"你什么时候打通保险库墙壁的？"

"大约在半年前，我在无意中发现那面墙的混凝土有点酥，很容易就……"

"你每天从吕顺家的仓库直接来这里，就在小溪里淘洗金砂，再用那个石臼……"

宋哥连续、快速、重重地点了好几下头。

"宋哥，我还有一个更好的解决办法。"

"什么办法？只要不让我老娘再为我操心，让我干什么都行。"

"我那一半不要了，还给吕顺。"

宋哥急忙说道："那我也不要了。"

宋哥的这句话触动了东川。他想为吕顺和宋哥都画上一个完美的句号。

东川去小溪捡回那支猎枪，递给宋哥说道："把指纹擦干净，把枪毁了，把弹壳上的指纹也擦干净。我先回石屋等你。"

……

东川用腰带紧紧勒住右腿上的伤口，又简单处理了一下血迹。

……

宋哥一脚门里一脚门外地说道："我都处理好了。"看见地上的一大摊血迹，焦急地说道："你受伤了，我送你去医院。"

东川轻轻地笑了笑说道："宋哥，你先把吕顺的电话告诉我。"

宋哥掏出自己的手机，直接拨出吕顺的号码后递给了东川。

东川按下了免提键："吕哥，我是东川，我被人袭击了，是宋哥救了我。"

"啊！你伤得重不重，你现在在哪儿？"

"吕哥，你不关心你的金砂吗？"

"东川老弟，人比金砂重要，你快告诉我你在哪儿？"

"吕哥，金砂找到了。"

"东川老弟，有一半是你的。"

"我不要，但是我有一个要求。"

"东川老弟，你说。"

"从今天开始让宋哥的老娘过上好日子，百年之后风光大葬。"

"东川老弟，我一定把他的老娘当成自己的亲娘奉养。"

"吕哥，我相信你能做到。我走了，宋哥会带你去找金砂的。"

"东川老弟……"

东川挂断电话，递给宋哥后说道："你听见枪响后才过去看的，只看到我一个人；是我告诉你金砂在哪儿的。其他的你什么都不知道。"

"我记住了！"

"宋哥，我要走了，以后好好做人，好好伺候老娘。"

东川的右腿已经麻木了，站起来的瞬间一个趔趄险些摔倒。宋哥一个俯身上前，把东川扛在肩上就向外跑……

……

医生在东川右大腿的外侧一共取出了三粒铁砂，包扎后就无大碍了。

俞墨拒绝了田笑的各种挽留，坚决离开。

在去火车站的路上，田笑忍不住问道："东川，你真的没看清开枪打你的人吗？"

东川笑着说道："田笑，当时我只顾着逃命了。"

"那……"

东川知道田笑的"那"字后面有太多的疑问，轻轻叹了口气说道："宋哥有好几天没在仓库内打更，是我判断错了。"

……

在火车的软卧包厢里，俞墨看着东川问道："你给我打电话之前究竟发生了什么事情？"

东川笑着问道："俞墨，你是从哪里开始听的？"

"是从'我没有把握一枪击中你'开始的。"

"就是被人打了一枪。"

俞墨摇了摇头："我不相信！"

"过去的已经过去了。"

"东川，你知道我为什么要提前离开吗？"

东川真的没有思考过这个问题，轻轻摇了摇头。

俞墨突然看向车窗外面，努力控制着眼泪说道："东川，对不起！"

"俞墨……"

"东川，是我太幼稚了，我当时只想到了好玩儿。你给我讲述过在仓库里发现了两枚猎枪弹壳，我没在意；后来你又提醒过我，我依然是没在意；我接受过专业训练，如果让我面对宋哥……"俞墨转头看着东川，哽咽着说道，"东川，是我一步步把你推向了险境。"

东川笑着说道："俞墨，你要想听故事就不能哭鼻子。"

等俞墨调整好了情绪，东川说道："你只说对了一件事情。宋哥真的很强壮，他是扛着我从石屋出发的，中途没有休息。"

"啊，那至少超过了五百米！"

"我当时采取了和谈的方式，是不是很明智？"

"何止是明智！"俞墨顿了顿问道，"你挂断电话之后呢？"

"我给吕顺打了电话，告诉他是宋哥救的我，而且宋哥会带他去找金砂。我提了一个要求，从今天开始让宋哥的老娘过上好日子，百年之后风光大葬。"

俞墨轻轻点了点头，说道："你上车之后，我看见宋哥跪在地上磕了三个头。"

东川笑着问道："吕顺找到了金砂，宋哥让老娘过上了好日子，结局很完美吧？"

"的确是完美的结局！"俞墨突然反应过来说道，"东川，我问的问题是你给我打电话之前究竟发生了什么事情。"

"我已经回答过了，就是被人打了一枪。"

俞墨看着东川认真地说道："东川，我就是想知道之前究竟发生了什么事情？"

东川笑了。

"东川，这不是我的好奇心，这是我想知道的一个答案。"

东川非常轻松地说道："第一枪，我正巧跳进了小溪里，躲开了；第二枪，被一件溪水泡湿的军绿色棉大衣挡住了；第三枪，那件军大衣只挡住了一多半。"

"啊……"俞墨简直不敢去想象东川简简单单描述的情景。看似文弱书生的东川能在三枪之下逃生绝对是奇迹。

"东川……"

东川想尽快让这件事情过去，打断了俞墨，问道："俞墨，你听说过东川格言吗？"

"东川格言？从来没听过。"

"不该想的不想，不该看的不看，不该问的不问，把有限的精力用于快乐生活。"

"哈哈，不该想的不想，不该看的不看，不该问的不问，把有限的精力用于快乐生活。很经典！"

……

俞墨一路护送东川回到家。

正好舒桐妈妈在东川家，俞墨也住下了。

俞墨离开的时候带走了东川的另一句格言：得不到也请珍惜，因为还有欣赏的机会。

大仙儿

东川刚吃过晚饭，死党何力急匆匆地找来了。

"东川，我给你两个选择，一个是把我藏起来，另一个是劝说我妈妈。"

东川笑着问道："怎么藏你？"

何力掏出手机放在桌子上，说道："我妈妈打电话必须接，保证我不接电话，也不要让我妈妈见到我。"

"我选另一个。"

"我妈妈以前是逼我相亲,现在到了求大仙儿为我找对象。"

东川笑着说道:"我劝说阿姨转求月老帮你系红绳怎么样？"

"东川，你只要让我妈妈不相信那个大仙儿说的，其他的鬼神我自己对付。"

……

第二天，正好是周六。

清晨，东川爸爸打开院门，看见一辆房车正堵在自己家的大门口，急忙回屋叫醒了东川。

……

东川轻轻敲了敲车门，车门开了，探出一张略带疲惫的笑脸，竟然是江少龙。

"龙哥!"

"嘿嘿,我怕自己睡着了不能第一时间见到你。"

一种朋友加兄弟的暖流瞬间涌上了心头,人类最喜悦的笑容在东川的心里和脸上同时无声地绽放。

"东川,你说过要带父母去小住几天的,我就开车过来了。"

"龙哥,你先进屋补一觉,我去早市看看有什么好吃的。"

"我跟你去。"

……

江少龙一路跟着东川,也不说话,到了市场看见自己喜欢吃的就往那儿一站。这是江少龙对自己最好兄弟的表达方式。

……

吃过早餐之后,江少龙跟着东川和何力开启了对大仙儿的调查之旅。

大仙儿在方圆几十里之内真的很有名气。几乎每个村子里都有他指点过的迷途羔羊。东川选定的第一个调查目标是隔壁村老实厚道的赵家三婶,因为赵家三婶的女儿赵英男不但是东川从小学一直到高中的同学,而且还是死党之一,找同学的借口总比直接上门询问大仙儿的事情要好一些。

东川让何力把车子停在路边,一个人去了三婶家。

"三婶,英男在家吗?"

"大川呀,可有些日子没见着你了,你妈妈最近好吗?"

"劳您挂念,我妈妈最近挺好的。"

"前几天你三叔还念叨要去找你爸爸帮忙打张桌子呢。"

"我爸爸这几天正闲着呢，您让我三叔快去吧。"

"嗯，明天就让你三叔去。"

"三婶，英男不在家吗？"

"刚出去，我给她打电话。"

"三婶，您不用给英男打电话。我就是路过，顺便来看看。对了三婶，跟您打听件事情，我听人说秋雨镇有位大仙儿，他算的灵吗？"

"灵，刚出马两年多，可灵了！"

"三婶，那您去算过吗？"

"我去求过大仙儿两次呢。第一次是家里的母猪丢了，大仙儿算了说能找着，还让我往东的方向找……"

这时，赵英男一脚门里一脚门外地说道："妈呀，您可别再提那个大人山了，咱家的母猪不是自己回来的吗？"赵英男总是叫大仙儿为大人山。

"你这孩子，咱家的母猪不是从东边回来的吗？"

"妈呀，咱家的大门冲东开，而且我刘大爷不是说他看见是从西边回来的吗？"

"你这臭孩子……"

"那个大人山就是个大骗子……"

东川急忙说道："英男同学，英男同学。"

赵英男看着东川笑着说道："东川，你可是稀客呀，什么风把你吹来了？"

东川笑着说道："是因为我们村在西边吗？"

"哈哈，有大半年没见到你了，最近忙什么呢？"

东川偷偷冲赵英男眨了眨眼，然后看着三婶问道："三婶，您去找大仙儿的时候，大仙儿问过您家大门的方向吗？"

"问过。"

"三婶，那您第二次是因为什么事去求大人山的，是大仙儿的。"

"差点没气死我，你让英男跟你说吧。"

赵英男笑着对东川说道："我妈去找大人山算我什么时候能结婚，大人山算我在半年之内一定能结婚，现在时间过去一年了，灵吧？"

三婶气愤地说道："还不是全怪你，给你介绍对象，你看都不看……"

"妈，我记得当时大人山还给了您一道什么绑定姻缘的灵符，那道灵符我可没找到。"

"哼，你爷儿俩就知道合伙气我。"

……

赵英男送东川离开的时候，东川问道："英男，那道灵符呢？"

"我真的没找到。"

"那我三叔呢？"

"在我的个人问题上，老两口的态度和行动都是完全一致的。"

东川笑了。

"说吧，来找我什么事？"

"何力也是大人山的受害者。"

"哈哈，我能帮什么忙？"

"多给我提供些信息和方向，比如说，你还知道谁去求过大人山、所求的是什么、结果如何，去求大人山指点迷津需要准备什么或是需要遵守什么规则等等。"

"听我妈妈说那叫压堂子钱，说是看诚心自愿给的，好像最少要给二十元，要是请符、破灾之类的另算，如果所求应验了，事后还要去还愿，还愿的多少也是自愿的。我妈妈第一次去压堂子钱给了二十元，母猪回来之后又去给了二十元。第二次，请符的钱没说给了多少。任何人都可以去求大人山，除了必须给压堂子钱之外没有任何规则。去得越早越灵验，我妈妈说凌晨三点钟就有去排队的，截止到中午，下午是大人山回古洞闭关修炼的时间。"

东川认真地听着。

赵英男想了想，继续说道："听我妈妈说过好多次，我们村赵捷的妈妈曾经为了赵捷工作的事情也去求过大人山，大人山当时说赵捷在年内一定能上班，结果不到半年的时间赵捷就去上班了。听说是她家托了人，花了钱。"

"赵捷妈妈是什么时候去求大人山的？"

"这个我真不知道。"

"英男，有没有办法确定时间，最好能找赵捷亲自问一问。"

"我带你去村委会找刘姨，她是村里的妇女主任，谁家的事情她几乎都清楚。"

……

见到刘姨之后,赵英男的话还没说完就遭到了刘姨的批评:"英男,你可是大学毕业,又在城里工作,怎么也相信那一套?"

"刘姨……"

东川急忙上前一步,说道:"刘姨,您误会英男了,是我想弄清楚赵捷妈妈去求大人山的时间和赵捷参加工作的时间,确定两个时间之间有没有什么关联。"

"什么,大人山?"刘姨笑了,"这个词用得好。"

"刘姨,这个词是英男教我的。"

"哈哈……"刘姨回忆了一下,说道,"赵捷妈妈去求大人山的时间应该是四月份,赵捷上班的时间是九月份,这个我记得清楚。赵捷的工作是她舅舅帮忙托关系找的。"

"刘姨,九月份和十月份是我们县里很多单位招人的时间。"

"对呀!赵捷妈妈再说大人山算得准,我就有话说了。"

东川急忙趁热打铁问道:"刘姨,您还知道谁去求过大人山吗?"

刘姨想了想,说道:"刘旺家的小子刘涵宇去年高考,听说去求过什么符,结果那小子正常发挥考了四百二十二分;高林家小子的媳妇一直没怀上,高林老婆去年年底去求过什么符,前几天听说怀上了,高林老婆去还了愿,但是我听说去县中医院看过大夫……"

……

离开村委会,东川笑着说道:"英男,问你一个问题,你知道我三婶为你去求过大人山之后，你真的是因为大人山而抵触的吗？"

赵英男笑了："在我回答你这个问题之前，你先答应我一个条件。"

"什么条件？"

"我想参与你的调查。"

"英男，我现在还不能确定调查的时间。"

"我今年的年假还没休呢。"

"我同意。"

赵英男笑着问道："东川，我傻吗？"

东川立即摇了摇头。

"我妈妈托人给我介绍的那些听描述就可以判断都是旺财级的，我还用去看吗？"

"也就是说大人山的因素对你没有任何影响。"

"绝对没有任何影响。"

……

会合之后，东川一行四人直接去了秋桐县县城。

何力有同学在县中医院工作，主动请缨先去了解情况。

赵英男三个电话就联系上了刘涵宇的高中班主任张仁杰老师。

见面后，张仁杰评价刘旺家的小子刘涵宇平时学习比较努力，高考前多次摸底考试的成绩都在四百至四百三四之间，高考四百二十二分完全是正常发挥。

"张老师，向您请教一个比较冒昧的问题，我听说刘涵宇的妈妈在他高考之前找大仙儿求了一道什么符，您认为那道符对张涵宇最终的高考成绩有影响吗？"

张仁杰老师一脸严肃地说道："无稽之谈。我的每一名学生在高考之前我都会单独找他出来谈心。我教了刘涵宇三年，我了解他，他也信任我，他绝对没跟我提起过他妈妈为他请了什么符之类的事情，而且我教的学生，都相信科学。"

"张老师，以您多年的经验分析，如果刘涵宇知道他妈妈为他请了一道保佑他高考的符，会对他的心理产生积极的影响吗？"

张仁杰老师想了想，说道："我认为不会。以我对刘涵宇的了解，他根本不会相信那些乱七八糟的事情。参照他的平时成绩，高考的时候就是正常发挥。我教了三十多年书还从来没发现哪个学生因为家长请了什么符而超常发挥的，也从来没听说过。"

"张老师打扰您了，谢谢您。"

"夏东川，能告诉我你为什么要探究骗人的封建迷信吗？"

"张老师，实话对您说，我是想弄清楚那些去求大仙儿的人最后得到了什么。"

张仁杰点了点头，说道："我可以给你讲两个真实的故事。一个是我亲属家的小孩总是半夜哭，而且哭得很凶，去找过大仙儿之后没有任何效果，后来去医院检查是小儿腹痛；另一个是我同事的母亲总是能看到很多奇奇怪怪的东西，逼我同事带着去找了好多大仙儿，每个大仙儿都有一套说法，也都有一套办法，没有一个有效的，后来去医院检查是白内障，手术之后再也看不到那些奇奇怪怪的东西了。"

"张老师，这两件事是您听说的，还是……"

"我亲属家的小孩是我帮着找的医院、找的医生，当天就在我家住的，就是一片小小的肚脐贴，贴上的当晚小孩就没哭；我同事的母亲都帮着劝过，一开始老太太就是不去医院，就是相信那些大仙儿，最后是我同事强行把他母亲弄去医院的。"

"张老师，真是太谢谢您了。"

"夏东川，你能把最后的调查结果给我一份吗？"

"当然能，调查结束后我一定给您送来。"

"那我要好好谢谢你了。"

"张老师您太客气了，打扰您了，再见。"

……

在等何力消息的时候，东川想起自己的一位同事经常提起一些神神叨叨的事情，就打电话过去聊了一会儿，收获了两条值得追查的信息：一条信息是在柳树镇有家姓郭的人家，小孩生了一种怪病，住院打针一直不好，后来家人去求了大仙儿，小孩的怪病竟然好了；另一条信息是在县城边有一家公司的老总，家里总出一些怪事，后来找大仙儿破了，以后家里就安静了。

……

吃完午饭后，东川一行四人早早地去了县中医院。

高林家的小子叫高广利，高广利的媳妇叫徐丽丽。何力的同学通过挂号记录找到了当时给徐丽丽看诊的县中医院最德高望重、退休后被返聘的医生李庆兰。

李庆兰的医德非常高，无论东川怎么解释都不肯透露病人的隐私。

最后，东川给李庆兰深深地鞠了一躬，说道："李医生，我向您的医德致敬，打扰您了。"

李庆兰突然笑了："小子，你挺有意思的。我只能告诉你徐丽丽的怀孕和她婆婆去找大仙儿求的什么符丝毫没有关系，甚至她婆婆去求大仙儿的行为耽误了徐丽丽怀孕，也委屈了徐丽丽。"

东川笑着说道："李医生，我猜是高广利的原因，做妈妈的向着儿子，更爱面子，大仙儿解决的总比儿子被治好的要好听一些。"

李庆兰笑着说道："你非常聪明！"

"李医生，我能不能再得寸进尺向您请教一个问题？"

"夏东川，只要不涉及病人的隐私，我很愿意和你聊天。"

"谢谢您。我听说有一个小孩生了一种怪病，住院打针一直不好，家人去求了大仙儿后小孩的怪病竟然好了。这种可能性在医学上有吗？"

"有。我也听说过很多类似的事情，甚至有一些医生有时会暗示病人去找大仙儿之类的看看。我分析有两种情况：第一种情况，既然是怪病就很难找到病因，住院打针无效，甚至会加重，这种情况很常见。停止治疗后，小孩因为自身免疫力自愈，或者是之前的治疗虽然没有体现出明显的效果，但实际上基本完成了治疗任务；第二种情况，有些大仙儿甚至掌握着一些偏方，医院医生治不好的，恰好被大仙儿的偏方治好了。大仙儿不会归功于偏方，被治好的病人则会更加相信大仙儿的神力。"

李庆兰喝了口水，继续说道："人体是神奇的，中医中药也是神奇的。不仅是大仙儿，很多老年人都有自己的偏方，比如说牙痛，自己配一些药片，也可以治好。正规医院对某种疾病的治疗方案和处方用药，在根除疾病的同时还要保证安全。大仙儿不会保证安全，治好你的牙痛就是彰显了神力，至于是否对你的身体造成了其他伤害，他不管。去求大仙儿的人也不在乎，甚至根本感觉不到。"

东川笑着说道："是大仙儿利用了人体和中医中药的神奇钻了时间的空子。"

"嗯，这句话说得好！"

这时，有病人求诊，东川急忙说道："李医生，再次感谢您。"

"夏东川，你调查结束后能把结果告诉我吗？"

"李医生，我调查结束后一定来告诉您结果。"东川笑了笑，问道，"李医生，那我要是有其他疑问能再来向您请教吗？"

"哈哈，欢迎你随时来找我。"

……

县城边上的那家公司已经关闭了。询问左右邻居说是老板一家已经搬离秋桐县了。

时间还早，东川决定去柳树镇看看那个被大人山治好的孩子。

到了柳树镇，在镇外的一个十字路口。何力放慢车速，缓缓地靠近一个走路的中年男子，放下车窗问道："大哥，听说镇上有家姓郭的，他家小孩得过一种怪病，去医院没治好，是被一个大仙儿治好的，您知道那家人家住哪儿吗？"

中年男子在停步转身过来的时候，眼里的目光是友好的，听完何力的话之后却变成了厌烦，冷冷地说道："不知道。"说完转身继续向前走。

东川感觉有些不对，急忙下车快步追上中年男子，友好地说道："大哥，您别误会，我们是听人说的事情，就是想去问问那个大仙儿是不是真的很灵。"

中年男子脚步不停，看了东川一眼，哼了一声说道："那你们为什么不去找大仙儿直接问他灵不灵呢？"

这绝对不是相信大仙儿的语气。

东川一边跟着走一边说道："大哥，是这样的，我一位朋友的妈妈相信大人山，但是我朋友不相信，娘儿俩有点僵，我也不知道该劝谁……"

中年男子向一辆缓缓驶近的客车摆了摆手。这是从柳树镇开往秋桐县的客车。

东川继续说道："您也知道，不少老年人都相信大人山，劝说起来很难。我们就是想找几个实例，请教一下当事人那个大人山到底灵不灵，如果不灵……"

这时，客车停稳、开门，中年男子上了客车，直接向车尾方向走去。

东川也跟着上了客车，车里的空座很多，东川顺手递给售票员二十元钱后走到中年男子的旁边坐下，继续说道："如果不灵，那就有证据劝说我朋友的妈妈了。"

中年男子看着东川，笑着问道："你认识我吗？"

东川笑着摇了摇头，说道："我只是不想让您误会我们的行为。"

"就这个原因，这么执着地跟着我？"

"有时候，很多事情是很巧合的。"

中年男子伸出了右手："我叫郭天阳。"

东川握住郭天阳的右手，说道："郭哥您好，我叫夏东川。"

这时，售票员走过来递给东川十四元钱。

东川对售票员说道："我们两个人的。"

郭天阳急忙说道："不用，不用，老弟，我自己买。"

东川笑着说道："郭哥，两个大人为了一张票钱争来争去的不好。"

郭天阳笑了笑，说道："真的很巧。我明天就带老婆孩子出门了，刚刚是回家检查一下门窗关没关好。"

"开始问您的人就是我的那个朋友，实在是被逼无奈了。"

郭天阳苦笑了一下："嗨，真是太坑人了！"

东川静静地等着下文。

"我儿子特别好动，总是跑来跑去的，一到晚上就咳嗽得厉害，看大夫吃药打针都没什么效果。孩子的爷爷奶奶、姥姥姥爷都跟我说过去找人看看，说实话我是不相信那些东西的。但是，看着孩子实在是心疼，就硬着头皮去找大……大人山给孩子看看。大人山说是我的太爷辈有一个是因为肺病死的，来找孩子了。我父亲也确定不了他爷爷辈的事情，病死的绝对有，但是也确定不了是什么病死的。那就先信吧，一共买了七道符，每道符在孩子床头挂三天。第四天半夜让孩子的舅舅去十字路口，把符烧成灰，带回来冲水让孩子喝下去。我老婆还没有亲兄弟，去求了一个亲戚给烧了七次。孩子每次一喝下去就吐，唉……"

郭天阳的表情里是满满的悔意和痛恨。

"七道符喝完了，孩子也没好。我爸爸妈妈和岳父岳母就相信有这件事了，四处打听，要找更厉害的大人山给孩子治，一听着信儿就让我带孩子去看……后来我带孩子去了省儿童医院，很年轻的一位中医大夫，绝对的好大夫，问得非常详细，最后什么药都没开。诊断孩子的肺能力不足以支撑孩子日常的大量运动，让孩子减少运动。回家以后，我和我爱人就看着孩子，减少他的运动量，不到一周时间孩子就彻底好了。"

"可怜天下父母心！"

"老弟，你有孩子吗？"

东川轻轻摇了摇头。

"等你有了小孩你就知道了。作为父母的只要是对孩子好，或是有可能对孩子好，甚至是自己认为根本不合理的事情，哪怕是只有十万分之一的可能性，为了孩子都会去做。"

"郭哥，太感谢您了。"

"夏东川老弟，还有一点，要是万一对孩子有利，而当时没去做呢？实话对你说，在没去省儿童医院之前，我也动摇过。"

东川苦笑了一下，说道："郭哥，我们只是普通人，在没有选择的时候坚守很容易。一旦面对选择……"东川摇了摇头继续说道，"坚守就很难了。如果条件足够诱惑，还能记得自己初心的人就是高人了！"

郭天阳沉默了好一会儿，看着东川说道："谢谢你！"

……

东川把自己和郭天阳的对话回放了一遍。

何力听完沉默了良久。看着东川问道："我该怎么办？"

"大仙灵不灵无所谓，满足一下老人的心情，把上当的代价降到最低。"

何力想了一会儿，拨通了他妈妈的电话，按下了免提键："妈，您去找大仙儿了吗？"

"你不是不信吗？"

"嘿嘿，大仙儿我绝对不信，但是我信我妈呀！"

"哼，我可没看出来你信我。"

"妈，我主要是怕您上当，留着钱给我娶媳妇多好。"

"太阳今天是打西边出来的……你是不是去找东川了？"

"是啊。"

"你早去找东川就好了。"

"嘿嘿。"

"找时间请东川来家吃饭。"

"保证完成任务。妈,我在东川家住两天再回去。"

"你爱回不回,省得看见你来气。"

"妈,那个大仙儿要是挑您喜欢听的说最多也就值二十块钱,多给您就上大当了。"

"我知道啊,他还有本事给你变出来个媳妇不成?"

"哈哈哈,妈,大仙儿要是真能变出媳妇来,您让他多变出来几个呗。"

"一天天净胡说八道的。有本事你给我找个儿媳妇回来,以后我就能少操点心了。"

......

等何力挂断电话,赵英男才敢笑出声来。

东川说道:"何力,你的问题算是解决了。你在我家愿意住几天就住几天,但是我不陪你。"

"我之前的问题解决了,但是我现在又发现新的问题了。"

东川知道何力的新问题就是想继续调查大人山,笑着说道:"我没时间陪你,你可以和英男一起继续调查。"

赵英男急忙说道:"东川,没你没意思。"

东川看着赵英男,笑着说道:"英男,龙哥是从很远的地方来看我的……"

江少龙突然说道:"东川,你不用考虑我,你去哪儿带着我就行。"

"龙哥……"

英男拍了拍东川的右肩膀，说道："东川，三比一，是一定的。"

东川笑着说道："再继续这种层次的调查也就没什么意义了，要是接触大人山的话……"东川故意卖了关子。

何力立即举手表态："东川，我完全听指挥，全力配合。"

赵英男跟随道："我也是。"

"东川，我也能出一点力。

东川看着江少龙乐了。

江少龙有点不好意思地说道："我听这些事都挺有意思的。"

……

吃过晚饭，赵英男给她妈妈打电话请假，说她晚上不回家住了。

何力问赵英男："英男，你妈妈最后说什么了？"

"我妈妈说有本事找个人嫁了，以后就不用跟她请假了。"

何力想了想，说道："我妈妈看见我就来气，你需要请假。要不这样呗，你去我家住，我去你家住，行不行？"

赵英男想都没想就说道："行啊，住到什么时候？"

何力无语了。

……

东川开始整理一天的收获。

赵英男家的母猪是自己回去的，当地的民风淳朴，极少有偷盗事件发生，谁家的猪、狗离家出走一两天之后，自己回去是常有的事情。赵英男家的大门朝东开，母猪不太可能跳墙回家。如果做成单选题：母猪丢或不丢，从东、南、西、北哪个方向回去？估计赵英男的妈妈自己就会选择不丢、从东方回去。可恨的母猪居然不按常理出牌，被人看见是从西边回去的，这简直就是在用猪蹄子扇大人山的嘴巴。

关于赵英男结婚时间的问题，可以确定赵英男并不是因为讨厌大人山产生了抵触情绪而不去相亲的，也就排除了赵英男故意唱反调的因素。

赵捷的工作，从四月算起，一年之内有两个大多数用人单位的招聘期，如果赵捷妈妈当时透露的信息足够多，根本不用推断，闲唠嗑的时候顺嘴就预测了。

刘涵宇的事情，东川完全相信张仁杰老师。

张仁杰讲述的两个故事，都是他亲身经历的，完全可以相信。

高广利媳妇怀孕的事情，东川完全相信李庆兰医生。那是高广利妈妈为了掩饰儿子某种疾病的借口。

郭天阳儿子的事情，是大人山窃取了省儿童医院医生的功劳。

八个故事中，只有赵英男家的母猪没丢和赵捷参加工作的时间算是被大人山蒙对了。

东川实在想不明白，就是这种级别的大人山为什么会被传得神乎其神？

......

周日。

东川四人凌晨三点出发，赶到大人山家的时候路边已经停了四辆车。

好一栋气派漂亮的大房子！

何力停稳车子，问道："东川，我不跟你进去行不行？"

东川想了想，说道："英男，你和我进去。"

赵英男笑着说道："东川，我的运算芯片是二八六级的，跟不上你的思路，需要我配合，请提前交代。"

......

一排四间正南朝向的红瓦房。

西起第二间的房门敞开着，屋里站着或坐着十一二个人，几乎个个面色凝重虔诚。门口有一个中年妇女给东川发了一个四号的牌子，并告知只能一个人去见大仙儿。

四点整，门口的中年妇女快步走进最西侧的房间。不到半分钟，从屋里出来大声说道："今天请来的是上仙，来事儿的妇女请回吧。"

就在东川思考这是什么逻辑的时候，一个中年妇女低着头走出了房间。

那个中年妇女来的时候就引起了东川的注意：一个人空着手走进房间的，满脸的睡意。给东川的感觉就好像是出来上趟厕所，随时准备回去继续睡觉。

东川悄悄地对赵英男说道："跟着去看看。"

赵英男走出房间后，东川发现其他人的眼神里几乎都增加了一种近似于崇拜的表情。东川恍然大悟：故弄玄虚的手段，那个离开的中年妇女很可能就是配合的托儿。

"一号！"

一号进入最西侧的房间后，等待的人们相互之间开始了小声交谈。

东川留心听着：有来求大人山指点开工开业吉时的，有赴外地工作问吉凶的，有问青年男女是否合婚的，有求出行求平安的，有问老公是否出轨的，有小辈夫妻不和求破解的等等。

有一条信息吸引了东川：家里有老人正在县人民医院住院，时好时坏，求大人山给破破。

东川把自己的四号牌子和对方的十号牌子进行了交换，对方感动得无以言表，把底儿一股脑倒给了东川：哥哥叫路正大、弟弟叫路光明，老父亲住院的房间号是 307，哥儿俩算是被老母亲逼来的，最后哥儿俩甚至邀请东川有机会去家里坐坐。

……

路正大和路光明哥儿俩离开的时候再次感谢东川，并告知大人山今晚七点钟去给老父亲作法祛病，哥儿俩急着去县城一家佛缘斋，购买大人山作法需要的东西。

将近九点钟的时候才排到十号。

东川是被那个中年妇女领进最西侧房间的。

传说中的大人山坐在正中间的位置，面南背北，前面放着一张很高的长条桌，背后是一道顶棚触地的黄色布帘。长条桌的西侧，紧挨着墙壁立着一个神龛，前面的香炉里密密麻麻地插满了燃尽的香头，长条桌前面两三米外放着一把长条靠背木椅。

进屋后，东川故意傻愣愣地站在那儿。

中年妇女小声提醒道："上香钱。"

东川傻乎乎地问道："给……给谁？"

中年妇女指了指靠西墙的神龛："自己去放那儿。"

东川从口袋掏出两张十元钱，走过去放在了香炉的旁边。

"坐那儿。"

东川听话地坐在了长椅上。

中年妇女从神龛下面的柜子里取出三根香，点燃，插在香炉里，转身问东川："什么事情求上仙？"

"啊？啊，我开了一家小饭店，最近的生意不太好……"

"你这是求财，要上五根香的。"

"那……那上吧！"

中年妇女张开右手五指："五十。"

东川把口袋里的钱都掏了出来，四张一元的、两张五元的、一张十元的、一张五十元的。

中年妇女上前直接抽走了那张五十元的，回去放在香炉旁，又取了两根香点燃插进了香炉里。

大约一分钟之后，大人山开口就说道："你店里的财位不对呀！"

东川配合着说道："我请财神的时候也找人看了。"

"哼哼，那你生意为什么不好？"

"是……是啊，这不是来……"

大人山沉默了一会儿，问道："你属什么的？"

"属虎。"

"几月生人？"

"一月份。"

"财神在店里什么方位？"

"当时人家给看的，供在东偏南的方位。"

大人山掐了一会儿手指，说道："你是虎年虎月生人，你的财位在东南没错，是财神的位置放错了，财神占了龙位，原本是虎压着龙，财神占龙位后，虎就压不住龙了，龙虎相斗……"

东川满脸焦急地问道："那……那该怎么办？"

"重新摆放财神。"大人山又掐了一会儿手指，继续说道，"虎位在正西，让财神占虎位。"

"我回去就把财神搬到西边。"

大人山厉声说道："财神不是你说搬就搬的，你搬过去也不起作用。"

"那怎么办？"

"当时谁给你看的，你去找他，让他把你现在店里的财神送走。你再去请一个更好的放在西边。"

"再请一个……挺贵的……用原来的不行吗？"

"绝对不行。你店里现在的财神是帮龙斗虎的，你再去请一个回来是帮虎斗龙的。"

东川一脸迷茫地问道："那不都是我请的财神吗？"

"是你请的不假，但是财神是神，他想干啥就干啥，而且很执着，一开始帮谁就一直帮谁。"

"那我送走的财神不是还会继续帮着龙吗？"

"你送不行，谁给你看的让谁送，就相当于那个财神被召回了，你再重新请一个就相当于又派了一个。"

东川忍着笑，继续装傻问道："那……上仙您不能帮着说说吗？"

大人山思考了片刻，说道："今天你见到我也是有缘，我给你写道符试试。"

"多谢上仙，多谢上仙。"

"我写符的时候，你坐那儿在心里默念'弟子诚心叩谢上仙'。"

"是，是。"

中年妇女撩开黄色布帘走进去，从里面端出来一个木盘放在长条桌上，木盘很深，根本看不见里面装着什么。

长条桌很高，木盘又很深，东川坐在长木椅上只能看见大人山蘸了蘸毛笔就开始刷刷点点。在大人山提起笔的瞬间，东川看见那支毛笔的笔尖是开叉的。

等了一会儿，中年妇女直接从木盘里拿出一张黄纸对折后递给了东川。

大人山说道："这是上仙的符，不能见土、不能见水，回去放在香炉下面，三天后在香炉里烧了。"

"大仙，不能见土不能见水是什么意思。"

中年妇女说道："就是不能掉在地上，不能被水打湿了。"

"大仙，要是这道符不起作用呢？"

"心诚则灵！"

"那我再换财神……"

中年妇女指了指香炉里快要燃尽的香火，严肃地说道："你和上仙的缘分已尽。"说完，半推半搡地把东川送了出来。

……

赵英男跟踪的那个中年妇女绕过两条街进入一座院子后就再也没出来。天大亮后，赵英男向人打听后得知，那个中年妇女是大人山的姐姐，家就住在那儿。

……

东川把经过原原本本讲述完后，何力说道："厉害！自己骗钱还不耽误卖财神的赚钱。"

"利益同盟，这是同行之间的相互帮衬。"东川叹了口气继续说道，"十个人十件事，蒙对一件就足够了，不对的九个人不会宣传大人山的不灵，而被蒙对的那个人会积极去宣传大人山的灵。"

赵英男看着那张符说道："就是让我照着画也画不出来。"

"完全画错了，而且也绝对不是用开叉的毛笔现画的。"

"啊，东川，你怎么知道画错了？"

东川笑了："图书馆里有很多书。"

"那是不是也有颜如玉呀？"

"我找到以后一定告诉你。"

……

东川想看看大人山是怎么作法的，给在县人民医院工作的同学打了电话，让其帮忙确认了在307病房住院的路正大和路光明哥儿俩的老父亲。

……

找到佛缘斋之后，何力自告奋勇地进去打探。

不到两分钟,耷拉着脑袋出来说道:"店主说天机不可泄露。"

赵英男问道："东川，怎么办？"

东川笑了笑，说道："晚上直接去医院，路家哥儿俩应该会允许参观的。"

……

东川去找张仁杰老师，把自己的调查和经历不带任何个人主观色彩地讲述了一遍。

张仁杰老师听完笑着说道："东川，我请你吃饭，晚上你带我去看大人山作法。"

东川笑着说道："吃饭我请，否则晚上您就自己去。"

"那我现在开始就跟着你。"

……

东川又去找李庆兰医生，把自己的调查和经历不带任何个人主观色彩地讲述了一遍。

李庆兰医生和张仁杰老师的态度完全一致。

吃完午饭，东川请李庆兰医生和张仁杰老师去了茶馆，两位各自领域内的专家就东川的调查和经历足足讨论了一下午。

东川沏茶聆听，受益匪浅。

……

吃过晚饭，还不到六点半，李庆兰医生和张仁杰老师就催着东川去县人民医院。

县人民医院的 307 病房是四人间病房，还住着另一名患者。

路光明去接大人山了，路正大正陪着老父亲。

东川准备了两套方案：如果路家哥儿俩同意，一行六人就直接参观；如果路家哥儿俩不同意，就由李庆兰医生出面协调县人民医院的医生，伪装成病人和家属"住进"307 病房，确保李庆兰医生和张仁杰老师留下参观。

沟通之后，路正大不但没有丝毫反对的意思，为了方便众人参观，还把老父亲的病床移到了房间的中间位置。

为了不影响大人山的发挥，东川和何力分别躺在两张空着的病床上，李庆兰医生和张仁杰老师、江少龙和赵英男分别伪装成两组病人的家属。

……

晚上七点二十三分，大人山空着双手迈着四方步走进了病房。

路正大按照大人山的指挥，先把一个大香炉摆在病床前的小柜子上，倒满五种粮食之后点燃五根香插进了大香炉里。

大人山拿起用红绳编在一起的五枚铜钱，蜷缩左手拇指夹住，立掌当胸，快步走到病房东南的墙角，对着墙角口中念念有词。大约一分钟后，大人山走到西南的墙角，口中念念有词的同时还跺了两下脚。之后是西北的墙角，最后是东北的墙角。大人山突然高举左掌，快步绕行，左掌在空中不停颤抖，大约两分钟之后回到大香炉前，小心翼翼地把左手中的五枚铜钱横放在大香炉前，用右手擦了擦额头，对路正大说道："你父亲三鬼缠身，是前世的阴债，劝说无效。"

路正大焦急地问道："大仙儿，那怎么办？"

"法力驱鬼！"

大人山把剩余的一大把香全部点燃了，都插进香炉里后，口中念念有词，左右晃着脑袋还不时地跺几下脚……

大约两分钟之后，大人山突然把香炉里的香全部拔出来，把香头一端蹾齐，用左手攥紧，右手解开衣领的扣子，半拉开领口，直接把正燃烧着的香头一端戳在了右胸前……满脸痛苦……左右晃着脑袋……用力跺着右脚……

东川真的闻到了一股烧肉的味道。

大约半分钟之后，大人山拔出那一大把香，伸直左臂转了一圈给人看，那一大把香的香头全部都灭了。大人山的脸上毫无表情。

东川看见大人山的右手飞快地系好了衣领的扣子。

大人山在众人惊讶的目光中从容地把一大把香撒在地上，拿起路家哥儿俩准备的两把菜刀从床头开始在空中一路劈砍到了床尾，之后在自己的胸前一阵狂舞，折腾半天后，直直地站了大约半分钟之后身体猛地哆嗦了一下，随之口中发出一阵鸣呜的声响。呜呜声结束后，大人山把手中的两把菜刀交叉放在地上，直起身对路正大说道："三个恶鬼已经被打入地狱了，剩下的就是实病了。"

"多谢大仙儿，多谢大仙儿！"

"你抱着香炉跟在我后面，我走哪儿你就把里面的粮食撒哪儿。"

"是！"

大人山又对路光明说道："你把两把菜刀用黄布包好，用双手捧着，跟在他后面。"

"是！"

……

等大人山走出病房之后，东川看着满眼疑惑的江少龙，用手指了指自己的胸口又指了指门口。

江少龙会意，悄悄地跟了出去。

赵英男看见江少龙离开病房后，被震惊的表情是第一个变成疑惑的。

东川过去看了看床头的小柜子，被砍出了深深的一道子。

李庆兰医生、张仁杰老师、何力都盯着东川，等着……

……

十几分钟后，路正大和路光明回来了。路光明拿起笤帚又出去了。

路正大对东川小声说道："送到医院的门口，大仙儿就不让送了，说是怕有不干净的东西跟回来。"

东川问道："给了多少？"

"一千。"路正大犹豫了一下问道，"是不是有点少了？"

东川轻轻笑了笑，指着床头的小柜子说道："这个柜子医院会让你赔的。"

路正大点了点头："我先去找大夫说明一下。"

……

路正大领来的值班医生看完小柜子之后，一转头看见了李庆兰医生，急忙问道："李老师，您什么时候来的？"

李庆兰医生不好意思地指了指东川，说道："我是和一位朋友来的。"

值班医生顺着李庆兰的手指看向了东川。

东川笑着说道："您好，我来看我朋友的父亲，顺路请李医生一起过来了。"

值班医生理解错误，不但没有丝毫的不悦，而且急忙说道："李老师，真是有劳您了，病人……"

一听到病人的病情，李庆兰医生就立即忘掉了一切。

……

江少龙是笑着走进病房的，手里提着路光明之前用双手捧着的黄布包。

"东川，是一大块猪皮。"

李庆兰医生、张仁杰老师、何力、赵英男和路正大几乎同时啊了一声，李庆兰、张仁杰、何力和赵英男又几乎同时小声地笑了起来。

江少龙把黄布包递给了路正大。

路正大打开黄布包看着里面的两把菜刀、一大块中间有烧焦痕迹的猪皮和一沓钱，不知如何是好。

值班医生一脸茫然地在东川和李庆兰医生之间等待着答案。

"我给你讲个故事吧！"

张仁杰老师把在病房里发生过的事情详细讲述了一遍。

值班医生听完，满脸敬意地说道："李老师，您太厉害了！"

李庆兰急忙摆了摆手，说道："可不是我厉害，当时我看见大人山用一大把燃烧的香戳自己胸口的时候，我都震惊了。幸好有夏东川小老弟。"

"李医生，您……"

李庆兰医生看着东川，认真地说道："我想叫你小老弟，而且我也不老啊，我才六十七岁。"

东川笑了："那我就不客气，李姐，这个病人就劳您大驾了。"

"没问题。不是什么疑难杂症，我治好过好多个类似的病例。" 李庆兰说道。

路正大急忙向李庆兰深鞠了一躬，说道："李医生，那就麻烦您了！"

这时，路光明走进病房，小声地对路正大说道："哥，都打扫干净了。"突然看见那个黄布包，满脸疑惑地问道，"哥，这个怎么回来了？"

路正大看了看弟弟，又看了看躺在病床上的老父亲，开心地笑了起来……

不翼而飞的货物

江少龙的婚礼，东川是必须参加的。

让东川想不到的是：鬼神不惧的江少龙对自己的人生喜事竟然达到了完全不知所措的高度；可爱的龙嫂——司徒九月更是离谱，事无巨细，第一时间就问："东川，你看该怎么办？"

除了上厕所的时间之外，东川都被江少龙固定在了自己的视线或是伸手就可触及的范围之内。

就连齐老都没有了和东川小品一杯茗香的机会，只好发出了让东川小住几日的邀请。

终于有机会坐下陪齐老等人喝杯茶的时候，江少龙又当众提出了新的要求："东川，你陪我去旅行呗。"

东川无奈地笑了："龙哥，那是你和龙嫂的蜜月之旅，我陪着……不合适吧！"

司徒九月笑着说道："东川，我认识少龙三十来年了，他和我在一起的时候就是一块木头。但是有你在身边的时候，这块木头会变得很有趣。"

江少龙竟然笑着回了一句："你也不比我强多少！"

江少龙的父亲曾连任过两届省级武术协会会长。铁拳镇八方的江奇无比舒悦地笑过之后，看着齐老说道："是我管得太严了，从小到大，很少见少龙笑过。"

齐老笑着点评道："你做师父教徒弟非常成功！"

江奇略带着几分自责，说道："做父亲却差了很多呀！"

齐老摇了摇头："每一个人的内心世界都是多面的，要看你从哪一面走进去。"

江奇满脸笑容地看着东川，表情足以表达出对江少龙邀请的助力。

东川笑了笑，看着齐老说道："齐老，我答应陪您小住几日，在先。"

"哈哈哈，我邀你陪我小住几日其实有两个目的：第一，是陪我喝喝茶、下下棋；第二嘛……"齐老招手把一个和东川年龄相仿的人叫到了身边，继续说道，"东川，这几天你一直忙着，没时间介绍你们认识……"

东川急忙站了起来，友好地看着那个和自己年龄相仿的人，静静地等着。

"张天杰，现在算是半个子承父业，按照辈分他应该叫你叔。他有点小困惑，我想请你帮帮他的忙。"

东川急忙说道："齐老，我主观百分之百积极，客观……"

齐老笑着打断了东川："那我先替张天杰谢谢你了！"

张天杰急忙接过了话题："东川叔，麻烦您了。"

"天杰，你好。"

东川说完转头看着江少龙，笑着问道："他龙叔，怎么办？"

江少龙笑了笑说道："你先陪我旅行，让他跟着。之后，让他陪着你，我跟着。"

……

江少龙和司徒九月的蜜月旅行计划原本就是自驾游。东川和张天杰加入后变成了寻找美食和探索秘境之旅。

为了一顿美味的早餐可以连夜狂奔上千公里，为了一片待放的花海可以安静地等上一天一夜。

一路上，张天杰先是慢慢地介绍了自己：现任东港海运集团总经理，上面没有董事长，只有一个老爹；除重点项目投资和大型固定资产类投资需要请示老爹外，全权负责集团的经营和管理；东港海运集团拥有自己投资建设的港口——东港，水域面积54.6平方公里，海岸线总长8.7公里，由东港南区、东港北区两个港区组成……

之后张天杰才慢慢说明了需要东川帮忙的事情。十九个月之前，国际铝价降至冰点，东港海运集团在能力范围内囤积了大批高纯铝棒。张天杰的一个朋友听说后，委托张天杰个人购进了当时价值五百多万元的高纯铝棒，为了给朋友节省存储费用，张天杰让秘书何梦把那批高纯铝棒存进了东港北区的仓库里。

随着时间的推移，国际铝价一路上涨，东港海运集团在价格涨至历史最高点之前全部抛售完毕。张天杰的朋友没有及时出手，很快就被价格曲线困住了。

两个月前，朋友的资金周转吃紧，想要抛售部分高纯铝棒缓解一下。张天杰让秘书何梦去处理的时候发现那批高纯铝棒竟然不翼而飞了。

按照当时的价格计算,那批高纯铝棒的价值超过了一千万。张天杰没有告诉朋友那批高纯铝棒丢失了,个人先给朋友转了五百万。

警方介入调查后,没有发现任何线索,甚至怀疑仓库里是否有存储过高纯铝棒。

一千多万,如果作为资金损失,无论是对于东港海运集团还是对于张天杰自己,都是小事级别的。但是,所关联到的事情张天杰就必须高度重视了:第一,自己全权负责集团的经营和管理,需要给老爹一个交代;第二,价格曲线的因素,需要给朋友一个交代;第三,张天杰知道那批高纯铝棒是切切实实存在的,凭空消失了,需要给自己一个交代。

东川慢慢地让张天杰补全了自己的思考依据:第一,整个东港的产权都是东港海运集团的,在东港南区有海关驻港口办事处,东港南区全部是对外出租的,东港北区全部是东港海运集团自用的;第二,南北两区都有独立的进出大门,门卫二十四小时双人值守,南北两区中间还有一道互通的大门,主要是东港海运集团自己使用;第三,安防系统是一体化管理的,安防中心就设在南北两区的中间位置,同时承担着中间互通大门的值守,在安防中心有二十四小时的监控值守,整个港区内还有每两个小时一次的双人巡逻;第四,北区的仓库是严格按照进出库单管理的,按单收货进库、按单付货出库,北区所有仓库的门锁都是两级的,第一级由货物管理中心远程开启、第二级由仓储管理中心手动开启；第五，北区所有仓库的大门前都有一个正对着大门的独立监控，不但是开启大门的时间和进出的货物，甚至是工作人员在大门口的行为都被记录得清清楚楚。

按照张天杰提供的信息分析，价值一千多万的高纯铝棒不存在的可能性要远远大于不翼而飞的可能性。

那批高纯铝棒不属于公司的进销货物，当时是张天杰让秘书去协调的货物管理中心和仓储管理中心，又是陪着朋友亲眼看着那批高纯铝棒被送进仓库的。

东川问过张天杰："天杰，在你们集团内部你的被认知度高吗？"

"应该很低，除了各部门的管理人员，很少有人认识我……"张天杰笑了笑，继续说道，"刚进入集团的时候，我一是怕丢了老爹的脸，二是怕被高高架起，所以……"

东川点了点头："也就是说，虽然是你陪着你的朋友看着那批高纯铝棒被送进仓库的，但是仓库的管理者或是工人等人员根本不知道那批高纯铝棒是你张总朋友的货物。"

张天杰迟疑了片刻，问道："东川叔，那有什么区别吗？"

东川笑了："可能有助于判断小偷胆子大小的问题，如果明明知道是你张总朋友的货物还敢动手的话，那小偷的胆子就大了很多。"

张天杰想了想，说道："我的秘书小何了解我的习惯，货物管理中心和仓储管理中心很可能也不知道是我朋友的货物。"

……

　　江少龙和司徒九月对那批消失的高纯铝棒的兴趣竟然远远超出了东川。于是，有意无意地，车子直接奔向东港市。

　　八月二十一日。

　　到达东港市的时间正好是早餐的时间。

　　张天杰之前介绍过的特色小笼包真的很有特色、很美味。

　　吃过早餐之后，东川一个人离开团队，围着东港港区的陆地边缘开始了有目的的闲逛。东港海运集团不仅为地方经济做出了很大贡献，而且完全是在按照规矩做事、按照行业标准要求自己，在当地绝对是让人称赞、渴望加入的民营企业。

　　东川用了一整天的时间在外围进行了简单了解。南区进出大门的门卫对通行的车辆执行着严格的登记核查制度。登记备案的车辆由系统自动记录车牌信息、通行时间和通行时的重量。临时车辆除系统自动记录的信息之外还要手工录入进入港区的目的和乘员的信息，临时车辆离开时还要人工核对乘员的信息。持身份识别卡通行的行人，由系统自动记录相关信息。临时进入的行人需要详细登记并同步通知接待方。

　　东川是以租赁场地为由登记后进入南区的。

　　东川在管理处见到了正等着自己的刘振东，简单沟通之后，刘振东在电脑上调出了仅剩的四个办公场地和一个独立的大仓库。

　　"办公场地可以，仓库有点大，暂时用不了。"东川及时表达了自己的想法。

　　"夏先生，那我建议您采取合租的方式。"

刘振东又调出了几个还有空闲位置的合租仓库。

"我能去现场看看吗？"

"夏先生，我现在就带您去。"

……

在路上，刘振东详细讲解了南区的管理制度。

在参观合租仓库的时候，东川趁机提出了关于货物在合租仓库内是否安全的问题。

刘振东笑了笑，非常自信地说道："夏先生，所有存储在港区内的货物都需要严格登记备案，合租仓库内的每一个分割空间都有独立编号的监控系统。货物信息、监控信息、大门进出车辆信息等，都被转换成数据关联进了安防系统。简单说吧，如果一辆货车在合租仓库内装错了货物，安防系统就会发出警报，巡逻警卫会第一时间赶到现场，警报不解除这辆货车是绝对不会被门卫放行的。"

东川点了点头，继续问道："如果以后我需要更多的存储空间，港区内的仓库充足吗？"

刘振东摇了摇头，说道："我们港区内可租赁的仓库日常基本是处于饱和状态的，之前那个独立的大仓库是两天前刚刚空出来的。"

东川试探着问道："在租金方面或是其他方面有没有什么优惠政策，或是……"

刘振东笑着摆了摆手，说道："夏先生，我们集团从上至下全部都是严格按照规章办事，任何环节都没有人为性质的弹性空间。这样对所有租赁者都是公平的。"

……

离开南区后，东川以采购进口商品为由登记后进入了北区。

负责接待东川的是销售部一个年轻女孩——孙佳楠。

简单沟通之后，孙佳楠抱着一个厚厚的文件夹领着东川去了进口商品展示区。每详细介绍完一种商品后，孙佳楠都会在文件夹中找出相对应报关文件的复印件。

参观即将结束的时候，东川问道："我想在当地重点营销一种或两种进口商品，有两个问题。第一，能给我类似代理的保护吗？第二，你们公司的库存充足吗？"

孙佳楠笑了笑，说道："夏先生，我先回答您的第一个问题，我们公司的销售模式完全是公开的，只有在价格上的差别，分为零售价格和批发价格。还有一种可能是最优惠的价格，就是委托进口的方式，我们公司只收取一定的费用。"

"你说的，可能，是什么意思？"

"委托我们进口的价格由目标商品的价格、运输费用、关税再加上委托费用组成，这些基本都是固定的。而我们公司销售的商品中有些是为了装满返航货轮的剩余空间，还有一些是通过海关拍卖竞拍的，甚至有些商品是在属地国家出现价格低谷时进口回来的。"

东川点了点头："同一种商品排除以上几种可能性，委托进口才可能是最优惠的价格。"

孙佳楠笑着点了点头："夏先生，我回答您的第二个问题，因为我们公司的销售模式，我们公司不保证任何一种商品的存量。比如某种商品现在的库存量是一千件，如果您全部订购了，那对于其他客户这种商品的库存量就是零了。"

"我明白了！"

"当然，我们公司对于畅销类商品是有保障库存计划的。"

东川假装思考了片刻，问道："存不存在一种情况？比如说是一个销售量很大的客户，每个月基本都会固定销售某种商品一千件。我是一个小客户，也想要那种商品，恰好库存量只剩一千件了，你们公司会不会为了那个大客户而告诉我没有库存了？"

孙佳楠笑了："夏先生，这种情况绝对不存在。我们公司对外销售的所有商品的库存都是完全透明的，任何一笔货款到账后，对应商品的库存就会立即相应减少。"

东川追问道："要是有人付完款后，没有及时运走货物呢？"

孙佳楠认真地说道："夏先生，收到账款后的货物就不再属于我们销售部了，由仓储管理中心全权负责，除了付款方，任何人都没有货物的处理权限。"孙佳楠停顿了片刻，继续说道，"夏先生，我们公司所有部门都是严格按照规章办事的，任何环节都没有人为可操作的空间。这样对所有客户都是公平的。"

刘振东和孙佳楠的态度都是认真的，都表明了"严格按照规章办事、任何环节都没有人为操作空间"。东川对刘振东和孙佳楠的基本判断是信任的，决定再深入探讨一下，于是笑着问道："如果是你们老总的好朋友呢？就是想要某种商品，但是需要过一段时间才能付款。"

孙佳楠严肃地说道："夏先生，您说的这种情况在我们公司从来没发生过。"

东川笑着说道："我声明我现在对你们公司是完全相信的，更完全信任你。因为社会上和我接触到的公司，类似的人为情况非常非常多。你们公司和你完全超出了我的认知，我就是想和你探讨一下，也算是满足一下我的好奇心吧，如果真的出现我说的情况，你们公司会怎么处理？"

孙佳楠想了想，说道："财务部会给我们销售部出具一个收款凭证，收款凭证就相当于我们销售部收到了货款。而且财务部门什么时候收回货款，和我们销售部没有任何关系。"

"佳楠，非常感谢你！我相信以后和你们公司的合作将是非常愉快的。"

"夏先生，感谢您对我们公司的信任。我们集团的顶层设计者是非常睿智的，用严格、公平的管理制度杜绝了各种人为性质的弹性空间。"

最后，东川有意地问了一句："佳楠，你认识你们集团的老总吗？"

孙佳楠笑着摇了摇头，说道："一直没有机会见过。"

……

八月二十二日。

东川决定先从张天杰的秘书何梦开启正式调查。

在出发之前，东川对张天杰说道："天杰，需要你配合了，可能要委屈一点。"

张天杰立即说道："东川叔，我完全听从指挥。"

"第一，打电话让司机一个人来接我们；第二，当着司机和你公司员工面的时候，你要表现出谦卑再加上一点点害怕的样子。"

"东川叔，请您放心，我一定做好。"

……

张天杰一个亲自开车门的举动就让司机惊讶不已。

下车后，东川傲视一切地走在最前面，江少龙跟在后面。张天杰略低着头各种小心地前后照应着，让所有看见的并且认识张天杰的人都震惊了！

在办公室的门前，张天杰的表象再加上各种小动作的暗示直接让何梦不知所措了。

当何梦被叫进办公室的时候，已经微微发抖了。

东川直接寒着脸问道："你去联系货物管理中心和仓储管理中心，为张天杰的朋友存放一批高纯铝棒的事情，你还记得吧？"

何梦很小心地回答道："我记得！"

"把你当时办理这件事情的经过，任何细节，包括你当时的心情甚至可能影响到你心情的外界事情等等，全部诚实、详细地讲给我听。"

"是，货物管理中心的张丽颖问我货物详情的时候，我说就用三个 A 来特殊标记那批货物……"

东川打断了何梦，问道："为什么要用三个 A 特殊标记？"

"我习惯用加 A 的方式来标记重要事情，因为是张总朋友的货物，我就用了三个 A……"

这个问题警察问过。何梦的答案是相同的，加 A 的习惯也是真的。

东川看了一眼张天杰说道："把张丽颖叫来。"

"是!"

……

张丽颖的回答和何梦相互印证，没有丝毫疑点。

东川盯着张丽颖问道："如果不用三个 A 特殊标记，正常的流程该怎么办？"

"如果不用三个 A 特殊标记，需要在系统里录入货物的全部信息。"

"之后呢？"

"信息提交之后，财务部和仓储管理中心会同步收到。仓储管理中心按照信息核对货物后，通知我们开启仓库的远程门锁，入库后再通知我们锁闭远程门锁，最后提交入库确认。我们货物管理中心和财务部会同时收到入库确认信息。"

东川追问道："如果按照正常流程，张总的朋友想要提取那批货物的时候该怎么办？"

"由财务部出具一张收款凭证，我们货物管理中心根据收款凭证提交出库信息，财务部和仓储管理中心会同步收到出库信息，仓储管理中心接收出库信息后，张总的朋友就可以提取货物了。"

"用三个 A 标记货物后，你是怎么处理的？"

张丽颖回答道："没有货物信息在系统里是提交不了的，我给仓储管理中心发送了一个临时入库通知。"

东川看着何梦问道："你当时知道那批高纯铝棒的详细信息吗？"

"我不知道，当时张总只是交代说有一个朋友有些货物要帮忙存放一段时间。"

东川看着何梦，冷冷地说道："你完全可以合情合理地向张总要那批货物的详细信息，走正常流程。我的理解是你的三个 A 特殊标记让那批货物失去了系统的监管。"

"我……"

"这个问题非常严重！"

何梦几乎要哭出来："我当时……"

东川打断了何梦，继续施压道："你只有一次机会，如果你的解答不能让我满意，除了警方还会有其他方面对你进行追查的，甚至会比警方的手段……"

何梦的眼泪开始滴落了："……张总在接到朋友电话之前已经让我安排车子了，而且是离开几天……当时，我男朋友已经在宾馆等我……"

"心情有些急，按照正常流程要耽误一些时间，张总的秘书也有不走正常流程的能力，于是就用三个 A 特殊标记去合理掩盖吗？"

"请您相信我，我说的都是真话！"

东川故意转头看着张天杰，冷冷地问道："你还有没说的隐情？"

张天杰配合着，小心地说道："我向您保证，绝对没有。"

东川看着张丽颖，缓和了一下语气，问道："如果是你，按照正常流程或是你的责任心，发送完临时入库通知以后会怎么做？"

"我会补录那批货物的信息，让那批货物进入系统。"

"你后来提醒过何梦应该进行类似的处理吗？"

"没有。一是和何秘平时接触得极少；二是几天之后我休假了。"

"你当时给仓储管理中心发送的临时入库通知，你们部门所有人都能看见吗？"

张丽颖想了想，说道："只要登录货物管理平台和仓储管理平台都有机会看到。"

"请给我解释一下。"

"在我们的货物管理平台上有一个信息提示功能。在货物信息提交之后如果长时间没有收到财务部或是仓储管理中心的确认信息，可以直接给财务部或是仓储管理中心发送催办信息。催办信息如果没有及时处理，系统会自动提交给对应部门的主管。我当时就是用信息提示功能给仓储管理中心发送的临时入库通知。当时何秘给仓储管理中心仓库区的办公室打了电话，几乎是秒处理的。"张丽颖停顿了一下继续说道，"只要查看信息提示记录就能看到我给仓储管理中心发送的临时入库通知。"

"凡是查看信息提示记录的人都能看到你给仓储管理中心发送的临时入库通知吗？"

"是的。"

"不了解情况的人看到那个临时入库通知会不会产生疑问？"

"一定会的。"

"因为那三个 A 的特殊标记吗？"

张丽颖思考了片刻，说道："用信息提示发送临时入库通知也是一个原因。"

"张丽颖，你帮我分析一下，哪些人会关注你用信息提示发送的临时入库通知？"

"按照工作职责，发送提示信息的人必须时时关注，各部门所有在线人员都必须时时关注发送给本部门的提示信息，各部门主管必须时时监控本部门未处理的提示信息。我们货物管理中心和仓储管理中心所有员工都有机会看到，至于看不看……"

"查看提示信息会不会留下痕迹？"

"不会。"

"提示信息在系统里能存储多长时间？"

"每个月的月末，系统会自动清理所有及时处理完毕的提示信息。"

东川语气平和地问道："张丽颖，你能理解事情的重要性吧？"

"我完全能理解！"

"请你帮我一个小忙，回去整理一下个人物品，马上离开公司，就算是公司额外奖励你的带薪休假。你在休假期间切断与公司同事之间的任何联系，能做到吗？"

"我保证做到。"张丽颖迟疑了一下问道，"如果，我发现了什么能向您和张总汇报吗？"

东川笑了："如果你是无意间发现的或是关联分析想到的，随时都可以联系我们，但是绝对不可以私自进行任何调查。"

张丽颖有些拘谨地说道："我真的想为公司做点事情。"

东川严肃地说道："张丽颖，那批货物的价值过千万，偷窥者狗急跳墙，杀人行凶，一切都是有可能的。无论是公司还是张总都绝对不希望你涉险。"

东川的话暖进了张丽颖的心里，她咬了咬嘴唇说道："我平时协调和接触其他部门的机会比较多，也许……也许……"

如果张丽颖和丢失的货物没有关联，那就是多了一个帮手；如果张丽颖和丢失的货物有关联，那就是一颗有利用价值的棋子。

东川笑着问道："你会开车吗？"

"会！"

"帮我照顾一个人。"

东川给司徒九月安排了一个玩伴，而且司徒九月绝对有发现任何线索的能力。

江少龙算是监督张丽颖去收拾东西了。

东川盯着何梦,冷冷地说道:"回你办公室吧,正常上下班,把嘴闭严。"

"我……我想起一件事……"

"说!"

"我记得我当时给仓储管理中心打电话的时候,接电话的人略带一点山西口音,我男朋友是山西人,所以……"

"何梦,我们对你的定义是清白的,如果……"东川故意停顿了一下继续说道,"你更有义务帮助或是协助我们查明真相。"

"感谢您和张总的信任,您和张总需要我做什么,我一定全力以赴。"

……

齐老推荐的人,张天杰是绝对相信的,但,仅仅是相信而已。

之前,同窗好友级的警察对何梦进行调查的时候张天杰就在现场。

当时,何梦从容淡定,翻看工作记录后只用四句话就完全结束了对她的环节调查。第一句是"我习惯用加 A 的方式来标记重要事情,因为是张总朋友的货物,我加了三个 A";第二句是"我协调货物管理中心的时候直接让张丽颖用三个 A 特殊标记那批货物";第三句是"我当时当着张丽颖的面给仓储管理中心打的电话,提醒他们及时把那批货物入库,但是,接电话的人我不认识";第四句是"我一直等到张丽颖锁闭仓库的远程门锁后才离开的"。何梦说的在工作记录上都有详细记录。

对张丽颖的调查是何梦陪着警察去的货物管理中心。张丽颖大致的语言表达是"何秘让我用三个 A 特殊标记那批货物，用最快的方式发送入库通知，还当着我的面给仓储管理中心打的电话，提醒他们尽快入库。何秘一直等到我锁闭仓库的远程门锁之后才离开。"相互印证之下，对张丽颖的环节调查也结束了。

这个才认识十几天的东川叔，仅听过张天杰自己的详细讲述、一小天的独立调查，再加上一点点小手段，就挖掘出了一大堆背后的隐情。

不到一个小时的时间，东川在张天杰的心里从相信飞跃到了佩服。

……

东川陷入了沉思……

基本判断何梦是清白的。老总马上要走了，男朋友在等着，何梦主动问询货物的详细信息会耽误时间，而且还可能会出现不可预料的小插曲；重点标记一下，既是自己的习惯，又能保证完成老总交代的任务，在主观上不可能在第一时间为了以后占有那批货物而埋下伏笔。

警察调查的时候，事情已经淡化得差不多了，何梦按照工作记录去回答完全合理，甚至可能暂时忘记了自己当时的心情，从容淡定的表情也合理。

警察离开之后，何梦意识到了问题的严重性，再加上充足的回忆时间，会对事情进行重新梳理和心理准备。常理之下，如果她真的和那批消失的价值一千多万的货物有关联，一定不会轻易透露出任何隐情。

至于张丽颖，面对何梦和警察的时候，正常的反应就是以何梦为关联点，把在两个人接触时间段内发生的事情据实以告，而且是能少说就少说。我是听你何秘指令办事的，错也不在我。

自己延伸的问题都是正常的具体业务操作，只能证明张丽颖的业务能力很强。

张天杰曾对东川说："公司对货物仓储和进出库都有严格的管理系统，港区之内近六年从未发生过和公司内部人员有关联的盗窃事件。在南区发生过的几起盗窃事件，全部都是外界人士独立、随机作案，而且案件全部侦破了。"

综合分析后，东川在心里明确了三个判断：第一，价值一千多万元的高纯铝棒绝对不可能是外界人士独立、随机就悄无声息地偷走了；第二，有关联的内部人员一定知道那批高纯铝棒不在公司的系统监管之内，尤其是在东港海运集团抄底价囤积的高纯铝棒全部抛售完毕之后，甚至可以被定义为被遗忘的或是无主的货物；第三，离开的渠道应该是从码头走水路离开的，走陆路门卫是一个绝对的难题。不同于南区，北区的码头是对应国内的，进出货物不需要经过海关。理论上，货物只要离开仓库就自由了。

……

江少龙回来后也一直安安静静地等着。

当东川端起茶杯的时候，张天杰才笑着说道："东川叔，中午有一艘远洋捕捞的渔船进港，我看时间也差不多了，去看看有没有您和龙叔爱吃的？"

东川看着江少龙，笑着问道："龙哥，你什么意见？"

"我不反对，但是必须跟着你。"

……

下午，东川直接去了位于仓库区办公室的仓储管理中心。

东川在进门之前看了一下手表：十四点二十七分。

办公室是套间，外间是小会议室的布局，干净整齐，四个年龄不等、身穿红色制服的装卸工人正零散地坐着休息。其中一个二十几岁、正在玩手机的工人很认真地看了东川两眼。

内间是隔断式的卡座布局，两男一女，三名员工正在忙碌着。

何梦简单介绍了一下："各位同事好，我是集团张总的秘书何梦，受张总指派，陪这位先生来了解一些情况，请各位积极配合。"

……

一切都在东川的意料之中：之前给警察准备的材料一直在那儿等着，档案、工作记录、考勤记录都整整齐齐的；三个人都不是当天接听何梦电话的人，也都不是接收临时入库通知的人，甚至在警察调查之前完全不知道那批高纯铝棒的存在。

其间，办公室内一男一女两名员工陆续接到工作通知出去了。另有一名员工从外面回来后，东川得到的答案也是完全一样的。

出乎东川意料的是，仓储管理中心的主管，十四点五十八分才急匆匆地驾车赶到，足足用了三十一分钟。仓储管理中心主管的办公室在总部大楼内。东川从总部大楼一路步行过来的时间只用了十五分钟。

……

"何秘大驾光临怎么不通知我一声？见外了不是！"脑满肠肥的仓储管理中心主管——高东财向何梦热情打招呼的时候，眼睛却不时地看着东川。

"高主任，我是受张总指派，陪这位先生来了解一些情况的。"

高东财急忙热情地伸出右手，快步走近东川："您好！您好！"

东川微笑着，淡淡地说道："高主任，你好！"

"您想了解什么情况打个电话就行，我去找您汇报。"

"过来看看，顺便等等你。"东川轻轻点了他一下。

高东财的表情瞬间停顿了一下，随即干笑了几声。

"高主任，如果方便的话，麻烦你详细给我介绍一下仓储管理中心的日常运行和人员管理。"

"方便，方便……"高东财停顿了一下说道，"我们公司的人员管理是由人力资源部全权负责的。"这句话明显推掉了一个问题。

东川追问道："那就给我详细讲讲你们部门除你之外的每一个人。"

"啊，是，是……"

仓储管理中心的工作人员按照工作分工分为两部分：一部分是负责货物进出仓库的管理人员，另一部分是负责进出货物仓库的装卸人员。

管理人员一共有八人，全部是和东港海运集团正式签订劳动合同的，是东港海运集团的正式员工。仓库日常执行二十四小时排班制度，其中工作日白班不少于五人、休息日白班不少于三人，夜班不少于两人。

不少于的最低标准就是等于，东川在指纹签到记录上看到当天白班工作的人数就是五人：李军、王大奇、韩晓玲、高明、李明义。其中李军、王大奇、韩晓玲、李明义四人已经见过了。

装卸人员的构成比较复杂，是以保障装卸能力为基础动态增减的。其中有三人是东港海运集团的正式员工，主要负责机械装卸，有两人是劳务公司派遣，还有四人是随机雇用的临时工。

东港海运集团员工的薪酬由基本工资、日常考勤、工作能效、部门业绩、集团盈亏等组成，有五险一金的综合保障。劳务公司派遣人员的薪酬是由劳务公司核发的，临时工的薪酬是根据工作量多少核发的，工作量核实上报的实际权力完全掌控在高东财的手里。

东川进门时认真看过东川两眼的那个二十几岁的工人，就是临时随机雇用的四人之一。听完高东财的介绍后，东川基本可以判定那是高东财的嫡系，甚至就是高东财急匆匆赶来的综合因素。

仓储管理中心的日常运行基本是执行进出库的指令。

当班的管理人员时时关注着进出库的信息，同班管理人员按照顺序接收信息。按照操作的基本流程，如果接收到的是进库信息，第一步是根据货物的详情确定存储的仓库和仓库内的分区，第二步是匹配装卸人员，第三步是去现场验收货物，第四步是通知货物管理中心开启仓库的远程门锁，第五步是全程监督装卸人员卸载货物，第六步是通知货物管理中心锁闭远程门锁，第七步是回到办公室录入相关信息并确认入库信息。如果接收到的是出库信息，第一步是查询货物存储的仓库和仓库内的分区，第二步是匹配装卸工人，第三步是通知货物管理中心开启仓库的远程门锁，第四步是核对货物信息，第五步是全程监督装卸人员装载货物，第六步是通知货物管理中心关闭远程门锁，第七步是回到办公室录入相关信息并确认出库信息。

完全按照规章介绍完日常运行之后，高东财轻轻叹了口气，表情略带难色说道："实际工作中呢，每天进出库的工作量比较大，很多时候当班人员全部出动了，这时候信息又进来了，接收和处理的时间晚一点是常有的，但是……"高东财的表情一变，非常严肃地说道："每一条进出库指令我们都是完全按照操作流程严格执行的。"

……

在高东财讲述的过程中，办公室内的管理人员循环式地进进出出着，曾经出现过三次管理人员全部离开的情况，一次是五分钟、一次是两分钟、一次是七分钟。但是，高明一直没有出现过。

……

"高主任，临时工好找吗？"

高东财笑了笑说道："说好找也好找，在港区外面就有专门等活儿的。说不好找也不好找，认真干活不偷懒的不好找。"

东川点了点头。

"我们部门的工作职责是尽快完成入库出库，有需求的时候再现去找，那就耽误时间了。我要求临时工就在这儿等着，随时有活儿随时干。但是，没活儿的时候就耽误人家临时工了。"高东财用表情辅助了一下继续说道，"好不容易找了几个，也是今天走一个明天再找一个，基本能保证不耽误工作。"

……

东川一直等到交接班完成，对值夜班的尤强和杨驰正常询问后才离开。

高明一直没出现过。

"何秘，现在下班了，能不能给我个机会请您二位吃顿家常便饭。"

"高主任，张总应该在等着呢。"

"我明白，我明白。"

……

等高东财离开之后，东川立即返回了位于仓库区办公室的仓储管理中心。在指纹签退记录上看到了高明的指纹记录，时间就在自己离开后的两分钟。

"你们看见高明了吗？"

尤强直接回答道："没注意。"

杨驰看着东川轻轻摇了摇头。

东川笑着问道："也没注意？"

杨驰轻轻地笑了。

东川看着杨驰问道："临时工也值夜班吗？"

"他们不值夜班。"

……

与江少龙和张天杰会合后，东川笑着对张天杰说道："张总，你要请客了。"

"东川叔。您想吃什么？"

"这个问题，你应该问何梦和张丽颖。"

张天杰立即看着何梦问道："何梦，你想吃什么？"

"张总……"

东川笑着接过了话题："何梦，你一直在认真观察，发现了什么？"

何梦想了想说道："李军、王大奇、韩晓玲、李明义、尤强和杨驰，都不是山西口音，高明一直没见面，刘立勇今天没有班；办公室时常会出现管理人员全部外出的情况；李军、王大奇、韩晓玲和李明义工作都非常认真。"

"还有呢？"

何梦想了想，说道："如果两份以上出入库的单子是同一个仓库的，时间合理的话，货物管理中心也许只会收到一次开启和锁闭远程门锁的通知，开启和锁闭之间的时间可能会很长。"

东川点了点头问道："如果在仓库大门合理开启的时间段内，直接去仓库提取那批高纯铝棒，能实现吗？"

何梦思忖了片刻，肯定地说道："能实现，而且可以做到不引起任何人的怀疑。"何梦又想了想，问道："但是，那批高纯铝棒是很重的，通过门卫时……"

"走水路，不翼而飞，在理论上可以实现。"

何梦高兴得差点跳了起来，甚至做出了想要去拥抱东川的动作，完全是发自内心地赞道："您太厉害了！"

"何梦，你又进一步证明了自己！"

"我……"

"如果发现对手厉害，绝对不能算是一件好事吧。"

"谢谢您！"

这是人之常情，如果何梦和那批消失的高纯铝棒有关联，是绝对不会这么高兴的。

"何梦，交给你一个任务，明天去全面调查仓储管理中心临时工的薪酬。"

"我一定保证完成任务。"何梦说完，看着张天杰请求道，"张总，能不能把机会让给我？"

张天杰摇了摇头："你现在就联系张丽颖吧。"

……

何梦和张丽颖最后的决定是一处不大的路边摊位。

海鲜多种多样、做法多种多样，绝对的美味。

张天杰丝毫没有老总的架子，东川的本色就是平易近人，江少龙只是表情上有一点冷色调，龙嫂更是把张丽颖当成了姐妹。一顿饭吃完，张丽颖完全把众人当成了朋友。

在张天杰安排的住地喝茶的时候，东川把另一个任务交给了张丽颖。

"丽颖，在仓储管理中心有你信任，能顺畅沟通的人吗？"

"有。杨驰和我是高中同学，人品很好，大学毕业后比我晚半年进入公司。"

"找机会好好和他聊聊，各种细节，包括他的感觉、推断等等。"

"我明白。"

"你需要找个理由。现在他们都知道有一批货物丢失了，警察也调查过了。如果从张总的角度出发，能不能找到那批货物是一回事，需要落实责任是另一回事，按照常理分析，这个责任落在仓储管理中心合情合理。是张总让何梦去落实责任，何梦需要先找出仓储管理中心日常管理上的漏洞作为理由，而你和何梦的关系比较密切，你是帮何梦的忙去了解仓储管理中心的。"

张丽颖笑着赞道："东川哥，您这个理由太棒了！如果我再暗示一下可以向何梦推荐杨驰的话，那杨驰……"

东川笑了："这个尺度完全由你掌握。你们以前是同学，现在是同事，千万不要产生不好的影响。但是有一点是肯定的，无论任何时候，张总都需要认真工作、诚实可靠的帮手。"

张丽颖重重地点了点头："东川哥，您放心，我保证完成任务。"

……

只有东川、江少龙和张天杰三个人在一起的时候，张天杰发自内心地说道："东川叔，对您，我真的是五体投地了。"

东川笑着问道："那批高纯铝棒不找了？"

"哈哈哈，找到只是时间的问题。"

"我绝对没把握。"

"东川叔，我和我的警察同学在调查之后，进行过好多次探讨分析，认为唯一离开仓库的可能性就是那批高纯铝棒是随着公司销售的高纯铝棒一起离开的。"

"有这种可能性。"

张天杰摇了摇头，说道："我现在认为这种可能性几乎没有了。"

东川笑了。

江少龙突然笑着说道："东川，明天你好像没什么事情。"

"然后呢？"

"出海呀？"

"我听你指挥。"

……

八月二十四日。

傍晚，东川在船上远远地看见了何梦和张丽颖。

在张丽颖的建议下，一行人带着渔获直接回了住地。

东川是主厨，何梦和张丽颖一边打下手一边汇报着两天的收获，张天杰靠边坐着，静静地听着。

"……我调查了近两年仓储管理中心临时工的薪酬……第一个年段的总支出是 51.236 万元，月份最低的支出是 3.987 万元，月份最高支出是 5.95 万元……第二个年段的总支出是 59.56 万元，月份最低的支出是 4.547 万元，月份最高支出是 6.875 万元。如果按照四个人平均计算，仓储管理中心临时工每月的薪酬远远超出了管理人员……"

"财务或人事部门有什么看法？"

"完全合理。第一，公司外销货物的价格中包含了装卸费用；第二，对比两个年段的装卸费用和装卸工作量，是同步增长的；第三，以仓储管理中心单独计算，每个年段提取的装卸费用都是有剩余的。"

"临时工人员的组成呢？"

"在临时工薪酬发放清单上：第一个年段，每个月临时工的日平均人数在四到六人之间，其中有一个叫刘小军的人，祖籍河北，连续出现过十二个月，另一个叫郭天祥的人连续出现过九个月，还有一个叫徐双力的人断断续续的时间累加在一起超过了六个月……第二个年段，每个月临时工的日平均人数在四到七人之间，其中有一个叫高喜龙的人连续出现过十二个月，那个叫徐双力的人连续出现过十一个月，另一个叫高贺的人连续出现过九个月……"

听何梦介绍完调查情况之后，东川笑着对张丽颖说道："丽颖，该你揭晓答案了。"

张丽颖带着几分自豪的喜悦，笑着说道："第一个年段，是刘立勇在负责临时工的雇用、薪酬上报和发放等工作。刘小军是刘立勇的远房亲戚，郭天祥是刘小军从外地找来的，徐双力是本地人，为人老实能干而且从来不多嘴……第二个年段，是高明负责临时工的雇用、薪酬上报和发放等工作，高喜龙和高贺都是高明家亲戚。"张丽颖笑了一下继续说道，"高明是高东财的亲侄子……"

东川笑了："临时工的薪酬有操作的空间，而且是一块很大的肥肉。"

何梦和张丽颖同时点了点头。

张丽颖接着说道："杨驰判断徐双力完全是因为老实能干、话不多被两方认可的；刘立勇因为利益受损和高东财吵过好几次，而且在第二个年段开始的时候只要有机会就故意为难临时工。大约持续了三四个月，因为实在是斗不过高东财一伙，才完全放弃的。之后，就开始各种请假不上班，高东财从来没考核过他。"

"了解刘立勇的近况吗？"

"杨驰只是听说的。刘立勇和朋友合开了公司，获利颇丰。每次回单位都积极请同事们吃饭。大约在半年之前，各种事情稳定之后，高明开始不按时上班，他不来的时候，指纹签到是由高贺完成的。高贺有时候甚至会去操作高明的电脑，接收信息执行指令。"

"刘立勇的指纹签到是谁替他完成的？"

"我问过，杨驰也不知道，也没看见过谁替他签过到。"

东川看见靠边坐着的张天杰正一脸的疑惑，故意看着何梦，笑着问道："何梦，你知道高贺如何代替高明完成指纹签到的吗？"

何梦轻轻地笑了笑说道："我听说在网上有定制指纹指套的，但是没见过。"

东川故意增加了解释："在后台随时都可以修改数据，在采集指纹的时候还可以多采集几个指纹，甚至还可以在后台设定自动签到。"

张天杰轻轻地点了点头，零零星星地回忆起了人力资源主管在提出安装指纹考勤机时的部分说明：每个人的指纹都是唯一的，绝对没有代替签到的可能……在指纹采集终端增加了一个显示屏，谁没指纹签到，各部门的人都能看见，公开监督……

按照那批高纯铝棒入库的时间计算，当时是刘立勇在负责管理临时工。高贺可以去操作高明的电脑，那刘小军等人也完全有可能去操作刘立勇的电脑。找到山西口音的人就有可能确定那批高纯铝棒在仓库内存储的位置，根据存储位置就可以在系统里查找货物变化的时间点，就能进一步确定时间和人的范围。

东川想进一步考查一下张丽颖的能力，于是笑着说道："丽颖，再交给你一个有难度的任务，调查一下在第一个年度的临时工中有没有人是山西口音的。"

"明白!"

……

不到一天的时间，张丽颖就完成了调查任务：刘小军和郭天祥都是山西口音。刘小军上初中之前一直住在山西的爷爷家。郭天祥和刘小军是小学同学，原籍是山西的，结婚后迁离的山西。刘小军现在就在刘立勇的公司里任职。

……

东川原来的想法是找到山西口音的人就有可能确定那批高纯铝棒在仓库内存储的位置，根据存储位置就可以在系统里查找货物变化的时间点，就能进一步确定时间和人的范围。

现在这个想法已经不能成立了：第一，山西口音有两个人，只要接电话的人不承认自己接过电话，那就结束了；第二，能丝毫不留痕迹偷走那批高纯铝棒的人，绝对是高手，清楚后果，后续各种可能性的对策应该也都准备好了。

八月二十六日。

东川决定去当时存放那批高纯铝棒的三号仓库调查一下。

……

三号仓库的面积超过了三千平方米。

根据仓储管理系统的记录显示，近两个年段内存在一直空置的区域。既然有一直空置的区域存在，那么在仓储管理系统中就无法根据三号仓库内存储位置的使用去关联那批高纯铝棒。

近五个小时的勘查，唯一引起东川注意的是：在仓库大门两侧的墙体上，固定门框的上中下三组、每组四个大螺丝上的喷漆都比较新。仔细搜索后，在墙根的缝隙里找到了三个银白色的焊锡小球和几小段监控线缆的外皮。

东川结合自己在仓库内外的观察推断：只有监控系统能合理对应焊锡小球和监控线缆的外皮。而监控线缆和仓库大门外摄像头的连接是不需要焊接的，除非是对监控线缆进行衔接。

东川去仓库外面又仔细观察确认了一遍：监控摄像头是安装在一根长支臂上的，而长支臂是焊接在仓库大门框上的。

如果监控摄像头的监视范围仅限于仓库的大门，那么门框和摄像头同步移动后，仓库内货物的进出就可以不在监控记录之内，在监控画面中也就不会有那批高纯铝棒离开三号仓库的痕迹。如果想要同步移动门框和摄像头到不影响货物进出的位置，就必须对监控线缆进行衔接延长。

……

在安防中心的监控室里，东川看到三号仓库门外的监控画面真的是仅限于仓库的大门口。北区所有仓库的监控数据存储时间都是三个月，但是监控出现异常时候的人工记录是按照档案管理的。

东川查询档案后发现：在十个月前，上一年度的十月三日，上午九点二十四分，三号仓库门外的监控画面消失，九点三十六分恢复正常，记录的原因是维修仓库大门时使用电焊机导致跳闸。十一点四十一分监控画面再次消失，十一点五十二分恢复正常，记录的原因还是维修仓库大门时使用电焊机导致跳闸。

以上一年度的十月三日为时间点，在财务报账单上找到了报销明细和说明：报销金额是二百六十元。当日的上一个出库单，装卸工人不小心撞坏了大门，由于国庆放假，公司维修部工人下午才能进行维修。当时高东财回老家了，不在本市，是电话授权外雇社会人员进行维修的。当日值班、请示高东财、外雇维修人员和监督维修的人都是刘立勇。维修大门的费用是刘立勇当时用现金支付的。

在临时工劳务薪酬发放清单上，当日高喜龙不在、徐双力也不在。当日五个临时工的名字在近两个年段内都只出现过一次，还被扣发了两百元的劳务薪酬，作为撞坏仓库大门的处罚。

……

何梦和张丽颖已经击掌庆祝了。

张天杰满脸洋溢着喜悦："东川叔……"

东川轻轻地摇了摇头："之前，在理论上，那批高纯铝棒不留痕迹地离开三号仓库是不可能的。现在，仅仅算是找到了可能性。维修大门、监控画面消失、五个一次性的临时工人等等，都是合理的，而且在现实中都有出现的概率。"

……

东川在脑海里第一次进行完整的逻辑梳理。老总秘书亲自打电话和货物管理中心用提示信息发送的临时入库通知，这两点足以引起当时执行入库指令的人高度重视。在高度重视的前提下理解、判断之后，选择把那批高纯铝棒存放在三号仓库内使用概率最低的位置，既可以显示重视程度又可以减少以后可能发生的搬移之类的麻烦。那批高纯铝棒一直没有进入货物管理系统和仓储管理系统，仓储管理中心所有管理人员都有去关注的可能性。集团在价格低谷囤积高纯铝棒的事情不是秘密，随着时间的推移，尤其是在集团囤积的高纯铝棒全部抛售完毕之后，知道那批高纯铝棒依然事实存在的、别有用心的人一定会更加关注。这些人的贪念产生以后，就会准备好，等待时机。

三号仓库门外的监控画面仅限于仓库的大门口，监控数据存储时间是三个月，这两个事实也不是秘密，只要那批高纯铝棒在离开三号仓库的当时不被关注，不留下记录痕迹，三个月之后就能确保无据可查。

这也是东川还没有找到合理答案的疑问之一：如果在那批高纯铝棒离开三号仓库后的第二天起至三个月内，也就是在监控数据保存的时间内，何梦去提取怎么应对？进出库记录和监控录像必须完全一一对应，还有对仓库内存放货物的核对，任何疑点都是追查的线索。

假设那批高纯铝棒就是在上一年度十月三日大门维修期间离开三号仓库的，维修工人和五个临时工也都是提前准备好的，那风险还是非常高的。第一，让至少六个人在追查之下严守秘密几乎是不可能的；第二，港区内每两个小时一次的双人巡逻；第三，当日在班的其他管理人员；第四，在当时的时间段内接收到三号仓库的进出库单的可能性；第五，还有可能存在的同样关注那批高纯铝棒的人。

东川的另一个疑问是：如何不引起任何怀疑地从水路运走

那批高纯铝棒？离开三号仓库以后，在码头装上货船是由另一个部门的装卸工人完成的，而且也是严格按单装卸的。同样，码头的监控数据存储时间也是三个月。

在东川的思考能力之内，让那批高纯铝棒在离开三号仓库之时就完全规避了风险是不可能的，当时只能是尽力合理地去降低风险，再用大于三个月的时间去消除所留下的痕迹。

……

货物管理中心的档案是按月装订，按季度送交档案室的。

之前，张天杰组织人查阅档案的时候不但把时间向前延伸了，甚至把北区所有可能关联的仓库的档案都查阅了，但没有丝毫发现。

……

东川在翻阅档案的时候突然想到一个问题，看着张丽颖问道："丽颖，向你请教一个问题，你在给仓储管理中心发送出入库通知的时候，有没有出现差错的时候？比如说，发送的出库单上遗漏了货物的一部分。"

张丽颖非常肯定地回答道："有。"

"正常程序怎么处理？"

"如果是在仓储管理中心没有接收指令之前，可以撤回，再重新发送；如果仓储管理中心已经接收了指令，可以再补发一张出库单。"

东川笑着继续问道："还有非正常程序的处理方法吗？"

张丽颖也笑了："也可以用信息提示补发被遗漏货物的出库

单。但是，没有人会用这种方法的。"

"为什么？"

"出库单上遗漏了货物，完全是发送人的工作失误，用提示信息发送就相当于提醒别人注意自己的工作失误。"

"这种工作失误是时常发生、偶尔发生，还是极少发生？"

"怎么说呢……"

"丽颖，如果你出现了这种工作失误，会引起其他人的关注吗？"

"应该不会。因为这种工作失误每个人都出现过。要是频繁出现可能会引起关注。"

东川继续追问道："发生这种情况时仓储管理中心正常会怎么处理？"

"是上一个环节的工作失误，和他们没有任何关系，按单出库就可以了。"

东川为了百分之百确认自己的思考依据，继续问道："如果我是货主，来提货，一共十件货。货物管理中心发送的出库单上只有九件货，仓储管理中心按照出库单付给了我九件货，我没发现，那剩余的一件货物是不是会在货物管理中心和仓储管理中心的系统中一直存在？"

"是！而且系统会向财务部、货物管理中心和仓储管理中心同步发出告警提示。"

"那码头的装卸部门呢？"

"他们也完全是按单子装卸货物。没有单子的货物即使装卸了，也不计算他们工作量，而且还要对不按单装卸货物以后产生的所有关联事情负全责。"

"在档案中有补发单子的记录吗？"

张丽颖想了想，说道："在档案里可以有补发单子的记录。"

"丽颖，可以有是什么意思？"

张丽颖笑了："补发的单子在仓储管理中心提交进出库确认之前是可以打印出来的，在仓储管理中心提交进出库确认之后，补发的单子在系统里就没有了，自动合成一张单子了。在装订档案的时候可以把当时打印的所有单子一起装订。"张丽颖摇了摇头，继续说道，"我自己没那么做过，也没见过别人那么做过，都是打印出最后自动合成的单子进行装订。"

"装订补发的单子就相当于记录了自己的工作失误！"

张丽颖重重地点了点头。

"码头装卸部门的系统呢，最后也会自动合成一张单子吗？"

"他们的系统不会自动合成。但是，可以由仓储管理中心替他们完成。比如说码头装卸部门收到了第一张货单和对应的货物，又收到了补发的货单和对应的货物，仓储管理中心可以用合成的货单去换回之前的两张货单。"

"丽颖，补发的货单也必须详细录入货物信息吗？"

张丽颖轻轻地摇了摇头："可以不录入详细信息，只要注明是哪张货单的补发就可以了。"

……

东川终于找到了那批高纯铝棒从码头被装上货船的合理漏洞:那批高纯铝棒可以以补发的单子为由正大光明地离开码头。码头装卸部门在装卸货物的时候是严格按单装卸的,但是对于仓储管理中心送来的合成货单甚至可能连看都不会看。

......

就在东川几乎要放弃查阅档案的时候,突然发现其中一本档案封皮的装订位置有一点点褶皱,就像是胶水用多了的样子。

东川随手抽出那本档案,巧合的是上一年度十月三日的档案就在其中。

东川翻开第一页,仔细观察,发现粘贴封皮用的胶水多用了一些,正面封皮与第一页粘在一起的部分比较大,在第一页紧靠装订胶管的位置还有一道几乎看不出来的撕断痕迹。背面封皮与最后一页粘在一起的部分也比较大,在最后一页紧靠装订胶管的位置也有一道几乎看不出来的撕断痕迹。

档案被重新装订过了!

东川翻到档案的第三页,用裁纸刀小心地割断了两根装订胶管,极小心地一页一页翻开,发现上一年度十月三日的第四张出库单被两根胶管穿过的两个孔都是不规则的。

装订档案的流程应该是先对齐所有单页,用夹子夹住,装订机打孔,插入胶管,装订机热熔胶管的两端,最后粘贴封皮。

第四张出库单上的两个不规则的孔,唯一合理的解释就是在装订机打孔之后加进去的,没有被装订机打过孔,是被两根胶管直接穿透的。

……

档案室的记录是：货物管理中心秦五洲一月六日借阅档案，一月七日归还。

张丽颖提供的信息是：秦五洲和刘立勇关系很好。

……

东川面带微笑地看了看张天杰、何梦和张丽颖，说道："共享一下智慧吧！"

张天杰轻轻地摇了摇头："东川叔，我……"

"何梦？"

何梦轻轻地咬了咬嘴唇："档案管理是严格的，在警察调查之前，只有秦五洲借阅过档案……"

东川最后的目光落在了张丽颖的脸上。

"秦五洲和刘立勇都有机会知道那批高纯铝棒事实存在，用补发出库单合理出库，之后再用合成的出库单换回。但是……"

张丽颖把疑惑用眼神交给了东川。

"为什么不直接把合成的出库单装订进档案？"

张丽颖立即点了点头。

"人性！"东川笑了笑继续说道，"被替换掉的单子很可能就是秦五洲为自己留的退路！"

"退路？"张天杰、何梦和张丽颖几乎同时问道。

"一千多万对应的后果是非常严重的，预谋和工作失误是完全不同的概念。那批高纯铝棒在离开三号仓库后三个月之内的风险是最高的，因为在监控记录里一定能找到痕迹。假设是秦五洲和刘立勇两个人合谋的，如果在三个月之内被发现，秦五洲可以用补发的货单为自己开脱。"东川故意停下，看着张丽颖。

张丽颖笑了："补发的货单只需要注明是哪张货单的补发，甚至可以在信息栏里标记上三个 A，可以解释为是无意录入或是键盘故障。而且更方便刘立勇合理出库。"

东川赞许地点了点头。

张丽颖继续分析道："假设秦五洲不用最后的合成出库单去换回之前的多张出库单，那就是秦五洲的一次工作失误，而刘立勇就是严格执行了秦五洲的工作失误，把那批高纯铝棒白白送了人。"

东川笑着说道："只要不是占为己有，即使换回来也是工作失误。"

张天杰也完全明白了，兴奋地问道："东川叔，下一步怎么办？"

东川摊开双手,笑着说道："我的任务可以结束了。秦五洲、刘立勇，码头装卸档案中的货船记录。"

……

两天后，整个事件水落石出了。

何梦去找张丽颖的时候，秦五洲当时就在办公室。

接何梦电话的人是刘小军，刘小军当时完全是因为特别重视,把那批高纯铝棒存放在了三号仓库里使用概率最低的位置,刘小军完全不知后情。

刘立勇两天后才知道有一批高纯铝棒存进了三号仓库。秦五洲一直关注着集团低价囤积的高纯铝棒的库存变化，最后判断存放在三号仓库内的高纯铝棒是被遗忘的。在一次刘立勇大骂高东财的时候，秦五洲乘机提到了那批高纯铝棒。之后就是各自准备，等待时机。

上一年度十一假期值班表是提前公布的，高东财、高明和高喜龙的假期安排都是自己到处说的，刘立勇有足够的时间进行准备。

十月三日的货船是秦五洲提前安排的。撞坏大门是计划之内的，两次监控画面消失都是人为关闭的电源，第一次是为了延长监控线缆，第二次是为了还原监控线路。

秦五洲补发了两张出库单，第一张补发的就是那批高纯铝棒，而且真的在信息栏里标记了三个 A，第二张补发的是故意遗漏的货物。

在装订档案的时候，秦五洲为了保护自己，把原出库单和第二张补发的出库单进行了装订。三个月之后，秦五洲为了消除痕迹，又用合成的出库单进行了替换。

刘立勇用合成的出库单去码头装卸部门换回了三张出库单。

那批高纯铝棒离开三号仓库后随着掩护的货物一起被存放进了一家贸易公司的仓库，秦五洲和刘立勇在半年之后才开始变卖那批高纯铝棒。

……

东川坚持要回家。

江少龙和司徒九月坚持要送东川回家。

张天杰坚持要跟着。

……

张天杰悄悄问过江少龙应该如何感谢东川。

江少龙眼睛一瞪:"朋友不需要感谢,但是要知道朋友什么时候需要你。"

……

来自地狱的子弹

一天上午，东川正在库房内修补图书。

一位同事走进来说道："东川，二楼休息室有人找你。"

"多谢！"

二楼的休息室是敞开式的，里面有且仅有一人。一名中年男子正端端正正地坐着，旁边立着一只拉杆箱。

走进休息室，东川友好地问道："您好，我是夏东川，是您找我吗？"

中年男子急忙站起身，快步走近，鞠了一躬后才说道："夏东川先生您好，我叫桥本夏木，来自日本，冒昧打扰了。"

"桥本先生您好。"东川一时想不出一个日本人找自己的原因，静静地等着桥本夏木的下文。

"夏东川先生，我从朋友那里听说了您的故事……"

同事们根本不知道东川在外面的故事。

东川立即轻轻地摆了摆手，打断了桥本夏木："我们出去走走吧。"

……

东川听完了桥本夏木的第一个故事。

桥本夏木是东京大学的一位教授，是一位真正的学者，同时也是一位作家，更是一个中国通。桥本夏木无比敬仰中国的传统文化，每年至少会来中国旅行一次，在中国结交了很多朋友，为中日文化交流做出过很多贡献。

因为写作的原因，桥本夏木特别喜欢搜集故事。他听说张天杰丢失的那批货物的故事后就开始顺着朋友的线索进行追查，最后竟然找到了张天杰。张天杰不但真实详细地讲述了故事，而且还帮着桥本夏木直接缠上了江少龙。江少龙被迫无奈推荐了路汉生，路汉生顺水推给了俞墨。

俞墨和张天杰甚至比桥本夏木更想挖掘东川的故事。算是三个人合谋的决定，桥本夏木直接上门找东川。

……

听完故事后，东川轻轻笑了笑，说道："桥本先生，让您失望了，因为我的故事您已经都听过了。"

"夏先生，江少龙先生不善言辞，但是我看得出他一定有别人不知道的关于您的故事。"

东川看了一眼桥本夏木身边的拉杆箱，问道："您是坐火车来的？"

"是的！"桥本夏木把拉杆箱向前轻轻地拉了拉，"夏先生，我的行李全部在这里。"

东川笑了："谁出的主意？"

桥本夏木坦诚地说道："是张天杰先生的主意，俞墨警官赞成。"桥本夏木退后一步深深地鞠了一躬继续说道，"鲁莽打扰，请您原谅。"

东川只能在心中苦笑了。张天杰和俞墨都了解自己，对桥本夏木这个人一定是调查过了，绝对不会对自己产生不好的影响，也不会是自己讨厌的类型。一个真正的学者、作家，为中日文化交流做出贡献的人，热情招待是应该的。

"桥本先生，您喜欢吃鱼吗？"

"非常喜欢！"

"您等我一下，我去请个假。"

桥本夏木立即鞠了一躬，说道："夏先生，给您添麻烦了！"

……

东川向馆长请了假。

用自行车驮着桥本夏木的拉杆箱，一路推着自行车去买鱼、回家，一路听着桥本夏木讲述他在中国的见闻。

……

饱餐之后，桥本夏木讲述了第二个故事。

大约在一年前，东京发生了一起枪击命案。殷实的商人武川之助在自家门口被一颗 5.56 毫米步枪子弹击中头部，当场身亡。

在枪弹痕迹检测后发现，在弹头上竟然没有膛线的痕迹。后续的关联调查结果更为离奇，按照弹头直线飞行的所有可能角度进行搜索，在半径三百五十米的范围之内，在当时竟然没有可能藏匿枪手射击的地方，要么有监控证明、要么有多名现场证人。

5.56 毫米步枪弹在使用 M4、L85、法玛斯、G36 等步枪发射的有效距离基本是四百米，也就是使用枪械发射的有效距离。

枪械膛线的作用是为弹头增加旋转，弹头在向前飞行的同时自身也在做着高速的自旋运动。根据角动量守恒，飞行的子弹在受到空气阻力或是其他外力的情况下不容易改变方向，从而保障了命中精准度。没有膛线就没有旋转，就没有角动量守恒，飞行的子弹在空气阻力或是其他外力的情况下极容易改变方向，甚至会出现各种翻滚，不仅命中目标只是一种存在的概率，而且有效杀伤的距离也会极大缩减。

东京警视厅又请教了多名枪弹方面的专家，使用没有膛线的枪械或是不使用枪械都可以成功发射子弹，如果再增加一些专业技术性的处理也完全能保障弹头飞行的稳定，但是击中目标的概率绝对不会超过百分之五，而且有效杀伤距离绝对不会超过一百米。

使用枪械射击可以实现目标狙杀，但是在弹头上一定会留下膛线的痕迹；不使用枪械射击，弹头上没有膛线的痕迹，但是实现目标狙杀仅仅是一种可能性的概率而已。

最后，那颗子弹被定义为：非枪械发射、非目标、非主观的意外事件。

一个月后，一颗同样的子弹射进了资深律师雅洁惠子的胸膛。

两颗相同的子弹立即引起了东京警视厅高层的高度关注，严密调查之后不但毫无线索，而且第二颗子弹直接用事实推翻了东京警视厅对第一颗子弹的定义。

东京警视厅在两颗弹头的调查范围内都没有发现其他类似弹头的存在，基本可以推断两颗子弹都是百分之百的命中率。

……

第三颗子弹射进了松北力康的胸膛，当时松本力康正在山林中慢跑；

第四颗子弹射进了小五清泉的脑袋，当时小五清泉正走向地下停车场的电梯；

第五颗子弹击穿了花野智子的右肺，当时花野智子正在自己家的花园里小憩，保姆在两个多小时后才发现并报警，花野智子因失血过多而死亡；

第六颗子弹射穿了川口小野的脑袋，当时川口小野正在路边打电话；

第七颗子弹射进了僧人九山智的胸膛，当时九山智正在自己的禅房内打坐；

第八颗子弹射进了东京知名寿司店老板宫本藤的胸膛，当时宫本藤正走在回家的路上；

第九颗子弹射进了松川株式会社董事长松川广谱的胸膛，当时松川广谱正在夜店门口等车。

一年之内，九颗无法用常理解释的子弹、九具冰冷的尸体，东京警视厅全力调查之下依然毫无线索。

那九颗子弹在坊间被称为"来自地狱的子弹"。

……

东京警视厅参与案件调查的课长端木平次和桥本夏木是好

友。

桥本夏木有机会看过所有的调查资料。以一名学者和作家的思考方式，桥本夏木绝对不相信来自地狱的说法，但是在他自己的思考范围内又找不到任何探索方向。听说东川的故事后，真的是寄希望于东川能帮忙找出探索方向。

东川轻轻地笑了笑，说道："桥本先生，您所听说过的关于我的故事，都仅仅是巧合而已。"

"夏先生，任何事情都不能完全排除巧合。是您的观察和您的思考能力找到了解决事件的探索方向，甚至是您找到了事件本身的漏洞。"

东川端起茶杯，说道："巧合！"

桥本夏木笑了，也端起了茶杯："夏先生，每个人都有自己的观察方式和分析思考问题的方向。您解决的事情，在您的眼中是简单的或者说是巧合，但是在别人的眼中就是无从下手的难题。"

东川没有办法去否认这点，轻轻地笑了笑。

"夏先生，我只是有机会以我的观察方式看过东京警视厅的调查资料，又经过我的分析思考理解之后，向您进行讲述，如果您去东京警视厅看那些调查资料……"

东川轻轻地摇了摇头。

桥本夏木立即认真地说道："夏先生，让您看全部的调查资料是绝对可能的。东京警视厅已经把提供有价值线索的赏金提高到了一亿日元，协助破案的赏金可以商谈，警视厅的高层中甚至有人去寺院求助过。"

东川摇头的确是否定的意思，但是这个否定是自己不想去日本，也不想看那些调查资料。东川立即婉转地解释道："我最近的工作真的比较忙，而且我还有个人事情急需处理。"

桥本夏木想了想，说道："东京警视厅绝对不会同意我复印那些调查资料的……"

东川笑了："桥本先生，是我没有表达清楚。听了您的故事之后，第一，我认为我自己没有破解这个难题的能力；第二，我也没有时间去日本旅行；第三，在您离开秋桐县之前，我将以朋友的身份陪着您。"

"啊……"桥本夏木的语气里立即充满了失望，停顿了一下，真诚地说道："夏先生，真的非常抱歉，是我忽略了最根本的前提。"

……

一个下午的时间不知不觉过去了。

在喝茶聊天中，桥本夏木给东川讲述了很多日本的地域文化、风土人情和有趣的故事，完全都是生动客观全面的描述，这点快速地提升了桥本夏木在东川心中的好感度，他对一些事物的观察角度和思考方式，甚至让东川产生了惺惺相惜的感觉。

同样，桥本夏木也在听的过程中进一步了解了东川，由衷敬佩的同时更加坚定了找机会邀请东川去日本的想法。

……

在东川家吃过晚饭后，桥本夏木看了看漫天的晚霞，带着几分局促问道："夏先生，我？"

东川急忙说道："桥本先生，我诚挚地邀请您在我家住下。张天杰和俞墨来也都是住在我家的。"

"真是不好意思，给您添麻烦了！"

……

星月之下开始的思想交流一直到东方鱼肚白才结束。

……

次日上午。

在东川用自行车送桥本夏木去火车站的路上，桥本夏木说出了最终的疑惑："夏先生，我的故事对您真的没有吸引力吗？"

东川笑着说道："绝对有！我甚至会一直期待着您的消息。"

"那您为什么不想和我去日本？"

"我只是不想为了您的故事和您去日本。有您，有东京警视厅，我有自知之明！"

"那以后，作为我这个朋友的邀请，您会接受吗？"

东川认真地说道："一定会的！而且去日本之后还一定会狠狠地麻烦您。"

"哈哈哈……"桥本夏木开心地大笑之后，认真地说道，"夏先生，我真的想听听您对那个故事的思考。"

东川笑了："无论是佛祖还是上帝，都是对应人类而存在的。无论是想要惩戒、恩典，还是要显示神迹，都必须用人类能理解的手段或方式去实现。用一颗子弹的方式去惩罚那九名被害者，我认为不合理。如果是想制造恐怖效果，直接让九名被害者的心脏无痕迹地飞到体外，效果会更好。第五颗子弹，花野智子是因失血过多而死的，我的理解是失手。是神的能力有限，还是神也会失手？"

桥本夏木轻轻地叹了口气，说道："我一直也不相信是非人类而为，但是没有想到您这么合理有力的论据。"

"中文中有发现和发明两个词，这两个词的意义完全不同。有很多事物已经发明了，只是还没有被我们发现而已。"

桥本夏木若有所思地点了点头。

"我个人的思考方式是对每一个环节都完全发挥思维的自由去拓展，杜绝个人的主观取舍，把所有的调查结果按照环节分类，最后再按照不同的思维方式去串联整个事件。"

桥本夏木飞快地拿出纸笔记录下了东川的话。

"夏先生，再次感谢您。期待与您再次见面。"

东川笑着说道："我也期待着与您的再次见面。"

……

送走桥本夏木后，东川直接去县公安局申请了护照。

……

半个月后。

东川下班回家，看见张天杰正坐在餐桌旁等着开饭。

"东川叔！"

"自己来的？"

"不是，我让司机去宾馆了。"

……

张天杰带来了桥本夏木的邀请：七天后，千利休的后人将在东京举办一场盛大的茶事，邀请东川去观礼。

凡是能找到的关于千利休的资料，东川都熟读过。这个邀请东川欣然接受。

"天杰，什么时候出发？"

"东川叔，明天行吗？"

"我的护照已经办好了，我可以申请休年假，但是签证？"

"东川叔，桥本负责沟通日本大使馆。"

"晚几天出发行吗？"

张天杰笑着摇了摇头："东川叔，我最近两年也没去日本，正好借这个机会转转。最重要的是有您陪着。"

"你龙叔呢？"

"他，坚决不去！"

东川轻轻笑了。

"俞墨俞警官正在调查一个案子，是真的走不开。"张天杰犹豫了一下问道，"东川叔，您，会日语吗？"

"一点点吧！"

张天杰笑着追问道："东川叔，您说的一点点是多少？"

东川也笑了："上学的时候选修过日语，在当时，基本的日常对话和简单的读写没问题。"

"啊？"

"怎么了？"

"那我就不需要再找日语翻译了。"

……

六月十一日。

桥本夏木是带着太太明照惠子亲自去机场迎接的。

在路上，桥本夏木告诉东川：第十颗子弹在两天前的中午出现了，被害人叫秋田，当时正在公园一处比较幽静的地方休息。

第十颗子弹真的引起了东川的兴趣，他问道："桥本先生，我真的能看到全部的调查资料吗？"

"能，但是只能在东京警视厅案件调查课的资料室内看。"

"什么时候能看到？"

"我现在就联系。"

……

桥本夏木回到日本后，第一时间就找到自己的好友端木平次，向其详细讲述了关于东川的一切。

端木平次也非常认可东川的论断："无论是佛祖、上帝，都是对应人类而存在的。无论它们是想要惩戒、恩典，还是要显示神迹，都必须用人类能理解的手段或方式去实现。用一颗子弹的方式去惩罚那九名被害者，我认为不合理。如果是想制造恐怖效果，直接让九名被害者的心脏无痕迹地飞到体外，效果会更好。第五颗子弹，花野智子是因失血过多而死的，我的理解是失手。是神的能力有限，还是神也会失手。"原意引用后消除了很多调查人员心中已经悄悄存在的"非人类而为"的念头，而且在其他调查小组毫无追查方向、无所事事的时候，端木平次按照东川的思考方式："对每一个环节都完全发挥思维的自由去拓展，杜绝个人的主观取舍，把所有的调查结果按照环节分类，最后再按照不同的思维方式去串联整个事件。"带领着自己的调查小组干得热火朝天，甚至于东京警视厅的高层都把希望寄托在了端木平次的身上。

……

东川是以桥本夏木助手的身份进入资料室的。

端木平次在自己的能力范围内提供了一切方便。

进入资料室以后，东川就像一台高速运转的机器，按照十颗子弹的顺序翻阅、关联、推测、查证，再翻阅、再关联、再推测、再查证……

四十七个小时零三十九分钟，除了上厕所之外，东川没有离开过资料室半步。他最后提取到自己认为重要的信息是：

第一，十名被害者都很富有，都有随时拿出一大笔钱的能力，都很低调，社会背景都很简单，都不存在仇杀的可能性；

第二，第二颗子弹的被害者雅洁惠子、第四颗子弹的被害者小五清泉、第六颗子弹的被害者川口小野、第九颗子弹的被害者松川广谱，在被害前三到四个月的时间内，鱼智寺的和尚都找他们化过缘；

第三，鱼智寺在东京的郊外，虽然历史久远，但是寺院的名气和规模都不大不小。鱼智寺想要进行大规模翻修，住寺和尚化缘的足迹几乎遍布东京；

第四，在第五颗子弹的被害者花野智子的调查资料中，在一张照片中落地窗后面的一张木桌引起了东川的注意，从照片中依稀可以看得出那是一种几乎失传的纯手工制作工艺；

第五，第三颗子弹的被害者松本力康，案发时正好有十几名警察在附近执行其他任务，子弹击中松本力康后不到七分钟警察就展开了搜索；

第六，只有第八颗子弹的被害者宫本藤和第九颗子弹的被害者松川广谱两个人相识，其他八名被害者之间完全不认识；

第七，第七颗子弹的被害者、僧人九山智并没有引起东川的重视，仅仅归类为被害者之一。

……

东川离开资料室后，第一时间请端木平次去花野智子家中多拍一些那张木桌的照片。

……

六月十四日。

凌晨，东川一走出宾馆套房的内间，就看见了坐在椅子上睡着的端木平次。

东川的动作很轻，但是，端木平次还是醒了。

"夏先生，真是不好意思，打扰您了。"

东川笑着说道："我睡足了，是我打扰你了。"

端木平次立即一边从地上的背包里拿出厚厚的一摞照片一边说道："夏先生，您交给我的任务已经完成了，而且还去调查了其他被害者……"

东川立即接过照片，反复确认了之后问道："其他被害人也拥有类似工艺的家具吗？"

"是的。在家里、在公司，或是都有。"

"这种家具很贵吧？"

"是的。很多有钱人都喜欢这种纯手工的家具。"

"在日本，会这种手工制作工艺的人多吗？"

"这个……我马上去调查。"

东川笑了："端木先生，您还是好好休息一下吧。"

……

吃过早餐后，桥本夏木很认真地说道："夏先生，有几个问题需要和您协商一下。"

"桥本先生，您请讲。"

"第一个问题，关于协助破案的赏金问题，您能接受的最低目标值是多少？"

东川笑了："桥本先生，我认为我还没有去协助调查，我完全是因为个人兴趣去查看的那些调查资料，即使我协助调查也不能保证最后的调查结果，还有，我是您的助理。"

"夏先生，您过去的那些巧合是有可能发生的。协助破案只是对应赏金的一个前提，案件侦破后警方会综合评估协助所对应赏金的比例。为了可能发生的巧合，警方也需要明确一个在接受范围内的目标值。"

"桥本先生，如果必须要设定一个目标值的话，请您做主。"

"夏先生，感谢您的信任。第二个问题……"桥本夏木犹豫了一下，把目光投向了端木平次。

端木平次接过了话题："夏先生，非常抱歉，第二个问题完全是出于我个人的考量，请求您继续以桥本先生助理的身份协助侦破。"

东川完全理解第二个问题。如果案件真的被自己这个籍籍无名的外国人协助侦破了，赏金甚至可以多给，但是荣誉的光环必须落在可以被警方和公众接受的人的头上。

"没问题！"

"夏先生，真的非常感谢您！"

桥本夏木继续说道："夏先生，第三个问题，端木平次希望能时时跟在您身边，直到调查结束或是您离开日本之前。"

端木平次再次接过话题说道："夏先生，是我希望能跟在您身边学习您的观察角度和思考方式。"

东川也完全理解第三个问题。端木平次跟着自己学习只是可能性的原因之一，其主要目的应该是进一步保障第二个问题，是桥本夏木协助端木平次，自己只是跟着。

"端木先生，可能会让您失望的。"

端木平次深深地鞠了一躬，说道："拜托您了！"

桥本夏木笑着说道："夏先生，端木警官安排了自己的一名下属，正陪着张天杰先生畅游东京。"

"端木先生，十分感谢您对张天杰的照顾。"

"夏先生，是我耽误了您的畅游时间。"

东川笑了笑说道："桥本先生、端木先生，我有两个小小的请求。"

"您请说。"

"第一，我希望我们三个人之间能进行深入交流，中国有句古话说三个臭皮匠赛过诸葛亮。"

端木平次立即表态说道："夏先生，我保证全力配合您。"

"多谢。第二，完全是因为我个人的习惯。桥本先生，如果出现直接称呼您桥本的时候，请多包涵。"

桥本夏木笑着说道："夏先生，在日本，称呼也是随着关系变化而变化的，您直接叫我桥本，我会理解为朋友间的称呼。"

东川笑着说道："其实我更喜欢称呼您夏木。"

……

桥本夏木和端木平次都完全同意按照时间的顺序进行实地调查。

第一颗子弹的被害者，武川之助的家门前是一条宽阔的主路，在主路的对面是一片开阔地。以武川之助的家门口为圆点，在三百米至四百米的距离之间，子弹可直线飞行至圆点的总角度超过了一百二十度，而且在零米至三百米之间至少有超过四十个可以用于掩护射击的位置。

"东川老师"，端木平次第一次使用了新的称呼，继续说道，"调查记录显示当时分布在这些区域内的总人数超过了一百人，而且所有可以用于掩护射击的位置附近都有人或是都在附近人的视线之内……"

东川笑了："在视线之内，也在能听见的范围之内。"

端木平次和桥本夏木同时点了点头。

东川继续说道:"常理之下,枪支和声音是对射击的最基本判断标准,没看到枪支、没听见声音,就可以判断没有射击行为发生。枪支可以变形、可以伪装,声音可以消减、可以掩盖。不需要达到绝对的标准,只需要达到足以让附近的人判断没有射击行为发生就可以。"

端木平次陷入了沉思。在他的理解和认知范围内,伪装枪支和掩盖声音完全可以做到让附近的人判断没有射击行为发生。

东川的话足以推翻没有射击行为发生过的调查结论。

"如何保证一发命中的精准度呢?"桥本夏木提出了疑问。

东川走到最近的一处可以用于掩护射击的位置,说道:"一名训练有素的射击高手可以保证,用固定装置再加上精准计算也可以保证。"东川用手指了几处,继续说道:"如果射击装置隐藏在一个箱子内,即使是一个很大的箱子出现在这几个位置都是合理的,应该也都不会引起附近人的注意。"

端木平次的思路瞬间被打开了,立即走到不远处打电话提醒正在调查第十颗子弹的同事,重点关注任何可以隐藏射击装置的物体和可以掩盖枪声的声音。

……

第二颗子弹的被害者雅洁惠子当时正坐在一家蛋糕店室外的长椅上休息。

雅洁惠子的位置前大约五十米远是一个小型的智能立体停车场。以雅洁惠子的位置为圆点,在零米至七十米的距离之间,子弹可直线飞行至圆点的总角度超过了一百五十度。在七十米至三百米的距离之间，子弹可直线飞行至圆点的总角度超过了九十度。可以用于掩护射击的位置至少超过了六十个。

……

第三颗子弹的被害者松本力康当时正在山林中的小路上慢跑，倒地的时候被对面的两名慢跑者及时发现了。小路两侧的山坡上都长满高大的树木，可以用于掩护射击的位置太多了。

东川以松本力康倒地的位置为圆点，一圈一圈地进行搜索，二十几圈之后，半径距离超过了三百米，没有任何发现。

环境越是有利于射击者，射击者就越容易留下痕迹，而且山林中人迹稀少，射击者留下的痕迹完整存在的可能性最高。

在第三十一圈，东川发现了一个不大的天然湖，湖水清澈，在岸边有几处非常明显的垂钓者留下的痕迹。

依次检查到第五个位置的时候，一块被泥土掩埋了多半的石板引起了东川的注意。他用手小心地清除掉泥土后，可以判断石板是被加工过的，而且像是一块年代久远、磨损严重的地砖。东川更加小心地清理掉石板四周的泥土，从一角掀起，下面是一个近似于长方形的小火塘。

小火塘里的灰烬让东川移走石板的动作更加小心了。

在之前的四个位置发现了两个小火塘，都是完全敞口的，塘内少量存在的灰烬可以判断是枯枝燃烧后的，这个小火塘内的灰烬不但整齐完整，而且都是机制炭燃烧后的。

石板和小火塘内的灰烬足以证明当时的垂钓者是一个追求极致的人。

东川几乎是趴在地上进行仔细观察，发现在两根长条六角形碳棒灰烬下面的一根柱形灰烬非常特殊，不但颜色深很多，而且绝对超过了六个角。

在作为商品的同一批机制炭中出现这样的特殊情况是绝对不可能的。

东川立即对端木平次说道："平次，请你立即联系技术部门，对这些灰烬进行检测。"

"是！"

……

实地调查完第四颗子弹出现的现场后，时间正好是下午四点三十分。

东川笑着说道："真是抱歉，我忘记了午饭，让您二位也跟着挨饿了。"

桥本夏木由衷地赞道："东川，你观察事物的细致和判断超出了我的想象！"

端木平次补充道："还有东川老师头脑里的思考方向！"

东川笑着说道："只是方式不同而已，而且都解决不了饥饿的问题。"

"哈哈哈……"

"哈哈哈……"

……

吃晚餐的时候，端木平次接到了同事的电话：在全日本只有羽田木制的羽田次郎和羽田小智父子俩掌握着东川在照片中看到的那种纯手工制作工艺;羽田木制就在东京附近的栃木县。羽田木制在手工制作家具行业内非常有名,几乎就是最高端私人定制的代表。

东川追寻的关联性又增加了一条:十名被害者都很富有,都有随时拿出一大笔钱的能力,都很低调,羽田木制或是通过羽田木制就可以了解到这十名被害者都是有钱人。

……

六月十五日。

东川对第五、第六、第七、第八、第九颗子弹出现的现场调查没有意外收获。

吃晚餐之前,端木平次接到一个电话后立即回东京警视厅了。

大约四个小时后,端木平次带回了三条消息:第一条消息是那根特殊的柱形灰烬是一根正八边形、内圆直径略大于 5.6 毫米的铁桦木燃烧后的产物,内圆壁上有类似膛线的条纹;第二条消息是那块石板的出处还没有确定;第三条消息是东京警视厅最终将桥本夏木协助破案的赏金确定在两亿五千万日元。

铁桦木的硬度甚至超过了普通钢材,用铁桦木制作枪管完全可行,而且在理论上不会在弹头上留下膛线的痕迹。

听完三条消息后,东川笑着说道:"两亿五千万日元,平次一定付出了很大的努力。"

端木平次开心地笑着说道:"是东川老师的调查让高层们看到了希望,我只是进行了事实说明而已。"

"平次，那我的调查可以终止了吧？"

端木平次摇了摇头说道："东川老师，对于案件而言，只是找到了十颗没有膛线的弹头的一种可能性。如果嫌疑人销毁一切证据、不再继续杀人，就算我们有怀疑的目标，也只能进行简单的询问和背后调查。而且……"端木平次停顿了一下，继续说道，"由于参与调查的人很多，根本无法保证案情进展的保密。"

"在最短的时间内，找出最有力的证据，否则……"

端木平次重重地点了点头："这也是高层们同意两亿五千万日元赏金的主要原因。"

东川思考了片刻，说道："连续作案十起，只有成瘾性和钱两个原因。"

"我和同事们都倾向于成瘾性。"

"因为完全没有找到和钱关联的动向？"

"是的。之前，我和同事们都倾向于钱，对十名被害者，凡是超过十万日元的资金流向全部进行了追查。"端木平次用轻轻地摇头说明了追查结果。

东川绝对相信端木平次和同事们的调查，但是有一个成语叫"杀鸡儆猴"，东川在心里保留了"嫌疑人会不会用杀鸡给猴看的方式去获得金钱"的疑问。

……

六月十六日。

东川决定去追查那块石板的出处。

关联想到的第一目的地就是鱼智寺，鱼智寺在枥木县，羽田木制也在枥木县。

东川让桥本夏木负责出面沟通。因为对于寺院而言，东京大学教授和作家的身份绝对要比一名警察或是一名外国游客的身份更有吸引力。

负责接待的住寺和尚的热情完全超出了东川的想象，一路陪同、详细讲解。

鱼智寺的翻修工程已经完成了。任何细节都接近了极致。

东川确认了一个事实——鱼智寺的翻修工程花费了巨额资金。

在一间用于展示功德的禅房里，在墙壁前整齐地摆放着四长排实木架子，在其中三排实木架子上已经整齐地摆满了装订过的记录。每一本记录都写满了善款捐赠的明细。

"……在佛祖面前众生平等……我们是唯一设定了善款捐赠最高额度的寺院……"东川不认可"在佛祖面前众生平等"的理由，为什么要设定善款捐赠的最高额度呢？

第一本记录翻至第七页的时候，东川找到了答案：

在第七页上有两条只是时间不同的记录，千叶县的建和明度两次捐助的数额都是五十万日元；

在第八页上又找到了两条记录，千叶县的建和明度两次捐款的数额也都是五十万日元；

在第九页上找到了一条记录；

在第十一页上找到了两条记录；

在第二十页上找到了一条记录；

在第三十八页上找到了一条记录；

在第七十二页上找到了一条记录。

在一本记录中，千叶县的建和明度一共捐助善款十次，每次五十万日元，累计捐助善款五百万日元。

和千叶县的建和明度一样的还有：

埼玉县的麻省五一，在第三页上有一条记录，捐助的数额是五十万日元；

在第十三页上有两条记录，捐助的数额也都是五十万日元；

在第十六页上有两条记录；

在第二十四页上有一条记录；

在第三十三页上有两条记录；

在第四十五页有一条记录；

在第六十三页上有两条记录；

在第八十页上有两条记录；

在第八十一页上有两条记录；

在第九十一页上有一条记录。

埼玉县的麻省五一一共捐助善款十六次，每次五十万日元，累计捐助善款八百万日元。

神奈川县的下姿五郎，在第一页上有两条记录，捐助的数额都是五十万日元；

在第十页上有一条记录，捐助的数额也是五十万日元；

在第二十七页上有三条记录；

在第三十二页上有一条记录；

在第四十一页上有两条记录；

在第四十五页有一条记录；

在第五十九页上有一条记录；

在第六十六页上有三条记录。

神奈川县的下姿五郎一共捐助善款十四次，每次五十万日元，累计捐助善款七百万日元。

群马县的冬奈良子一共捐助善款二十二次，每次五十万日元，累计捐助善款一千一百万日元。

神奈川县的山口汇智子一共捐助善款十九次，每次五十万日元，累计捐助善款九百五十万日元。

东川又随手抽取了第二本记录，快速浏览之后，发现类似的情况至少超过了十人。再抽取第三本记录，同样的情况依然存在，而且人数绝对不会低于五人。

……

在整个参观过程中，东川随时都能发现大量羽田木制的定制家具。鱼智寺的翻修工程和用品用具已经远远超过了合理的标准，为什么？

……

在一排客房后面的小花园里，东川找到了那块石板的出处：小花园里蜿蜒曲折的小路全部都是用比那块石板更完整、花纹更清晰的旧石板铺成的，而且在围墙的一角还整齐地摆放着几百块同样的旧石板。

……

离开鱼智寺后，东川第一时间对端木平次说道："平次，你马上联系你的同事，去调查千叶县的建和明度、埼玉县的麻省五一、神奈川县的下姿五郎、群马县的冬奈良子、神奈川县的山口汇智子，这五个人都应该是有钱人，详细调查这五个人向鱼智寺捐款的情况，一定要秘密进行，如果可能对这五个人进行保护。"

"是！"端木平次立即走到不远处打电话向同事交代任务。

等端木平次交代完任务后，桥本夏木问道："东川，你发现了什么？"

东川看着端木平次笑着问道："平次，你发现了什么？"

"那块石板是出自鱼智寺的。"

东川看了看桥本夏木。

桥本夏木立即说道："我也看见了。"

"平次，你还发现了什么？"

"几乎所有家具或者说木制用品都是羽田木制的私人定制。"

桥本夏木点了点头算是表达自己也发现了这个事实。

"还有呢？"

端木平次不好意思地说道："当时，桥本和住寺和尚聊天，我也翻阅了两本善款捐助记录，但是，什么都没发现。"

"为什么要设定善款捐赠的最高额度？"

端木平次看了一眼桥本夏木："在佛祖面前众生平等……"

东川笑了："在佛祖面前，众生一直都是平等的。"

桥本夏木和端木平次都轻轻地点了点头。

"虽然设定了善款捐赠的最高额度，但是只是对单次的限制，可以多次顶额捐款。在一本记录中，千叶县的建和明度一共捐助善款十次，每次五十万日元，累计捐助善款五百万日元；埼玉县的麻省五一一共捐助善款十六次，每次五十万日元，累计捐助善款八百万日元；神奈川县的下姿五郎一共捐助善款十四次，每次五十万日元，累计捐助善款七百万日元；群马县的冬奈良子一共捐助善款二十二次，每次五十万日元，累计捐助善款一千一百万日元；神奈川县的山口汇智子一共捐助善款十九次，每次五十万日元，累计捐助善款九百五十万日元。为什么？"

桥本夏木和端木平次在惊讶东川的观察力和记忆力的同时，也都在按照各自的方向思考着可能的原因。

良久，桥本夏木说道："我想到的合理原因是用来掩护，是对捐款人的掩护。一次捐助善款五百万可以定义为有钱人，但分十次捐助善款五百万就不会被定义为有钱人。对寺院而言，是一种营销的手段。"

端木平次轻轻点了点头。

东川说道："绝对合理，但是这种行为背后可以操作的空间……"

桥本夏木和端木平次又陷入了思考。

……

羽田木制非常有名气。

东川以一名来自中国的手工木器制作者的身份向羽田次郎进行了专业性的请教。

羽田次郎非常热情，非常认真，而且是毫无保留地向东川进行了详细讲解和演示，甚至主动要求东川进行记录。

东川在学习记录的过程中，也把自己从爸爸那里学来的一些濒临失传的木工制作工艺和一些民间小物件的制作方法进行了演示和讲解。

一个下午的时间，完全是两个专业级木工之间进行的专业性交流。

专业性交流之后，羽田次郎主动提起了关于手工制作未来的发展和传承的话题。

东川一个有意的引导就让羽田次郎道出了心中的烦恼。

羽田次郎有两个儿子，大儿子羽田大智为人木讷，高中一毕业就跟在羽田次郎身边学习手艺，虽然付出了努力和汗水，但是所能达到的标准仅仅是一名合格的技工。小儿子羽田小智聪明伶俐，大学所学的专业是精密机械制造，不但悟性高、学得快，甚至还能改进、制造出各种机械去代替手工。

羽田次郎并不反对用机械去完成繁重的劳动部分，但是必须保留手工的纯天然性。比如说：可以用机械去完成雕刻画面的大致轮廓，但是细节处必须根据木材本身的纹路和颜色随时调整。不是把雕刻画面强加给木材，而是用木材去诠释雕刻画面；木材的干燥是存放在仓库内用自然环境和时间去完成的；

可以用机械去完成各种榫卯结构的造型，也可以用机械去完成榫卯的组装，但是绝对不能使用任何的胶、钉，如果出现榫小卯大的情况只能重做。

羽田小智所追求的目标完全是经济效益。用精密的机械和各种科技手段实现了手工制作所无法完成的高效批量制作。但是，完全抛弃了手工的纯天然性。比如说：机械雕刻完成画面后，直接用重漆进行喷涂，掩盖掉不同的纹路和颜色后，告诉用户所用的木材是完全没有瑕疵的木材；干燥木材不再用自然环境和时间去完成，而是采取人为烘干，甚至对木材进行染色和蜡煮；在进行榫卯组装的时候，如果出现榫小卯大的情况，会用特种胶水、木屑和染料对卯眼进行填充。

羽田次郎根本无法改变羽田小智，而且只有少数老客户认可、喜欢羽田次郎纯手工制作的、纯天然的各种家具，新客户甚至多数的老客户都认可、喜欢羽田小智用机械工业流程化制作的各种家具。

很多次沟通无效后，大约在一年半之前，羽田次郎把羽田木制界限分明地划成了两部分，一部分是自己和羽田大智继续坚守的纯手工、纯天然的羽田木制，另一部分是羽田小智自立门户的机械工业流程化毫无瑕疵的羽田精制。

"羽田先生，鱼智寺内的全部都是羽田精制吗？"

羽田次郎点了点头，叹了口气说道："我简直不敢想象几十年之后那些家具会变化成什么样子。"

东川完全是出自对一名匠人的理解，安慰道："羽田先生，科技的进步、经济的发展，让绝大多数人觉得自己或是金钱越来越无所不能，甚至可以掌控和超越自然，还有很多人完全以自大自我为荣，他们根本没有认知和鉴赏的能力，需要和拥有的只是虚荣。请您相信，羽田木制一定会被时间铭记。"

羽田次郎向东川深深地鞠了一躬，说道："夏先生，您是一位智者。"

东川笑着说道："羽田先生，您过誉了，我只能算是知者，知道自己而已。"

……

离开羽田木制后，端木平次第一时间汇报道："东川老师，已经完成了对埼玉县的麻省五一、神奈川县的下姿五郎和神奈川县的山口汇智子的调查，基本可以明确他们三人是因受到威胁暗示才向鱼智寺捐助巨额善款的。"

东川问道："威胁的暗示就是来自地狱的子弹？"

"是！"

东川笑了，之前心里保留的"嫌疑人会不会用杀鸡给猴看的方式去获得金钱"的疑问得到了证实。

"东川老师，我的同事们已经对鱼智寺和羽田木制进行秘密监视了。"

东川看着桥本夏木，笑着问道："夏木，我们的调查是不是可以结束了？"

端木平次抢着说道："东川老师，警视厅负责整个案件调查的长官想要见您。"

"见我，没有必要了吧？"

桥本夏木解释道："东川，明天去茶事观礼的人会很多，他们担心……"

东川点了点头："有这个可能性！"

……

在东京警视厅的一间休息室内，东川以桥本夏木助手的身份向端木平次未介绍身份和姓名的三名警察讲解了自己对整个案件的思考：

鱼智寺大规模翻修需要资金，住寺和尚去化缘是客观起因。高标准翻修是主观因素，高标准翻修所需的巨额资金用正常手段很难筹集到。高标准翻修才需要羽田精制的参与，羽田精制知道谁有钱，如何让有钱人主动捐助巨额善款就成了鱼智寺和羽田精制的共同目标。羽田精制有能力用铁桦木制作成不会在子弹上留下痕迹的发射装置。鱼智寺完成了高标准翻修，羽田精制也可以收获巨额利润……

最后，东川建议就在当晚对鱼智寺和羽田精制进行全面控制和搜查。理由是：打草可能已经惊蛇了。

东川心中还有一个推断的理由：羽田小智一定是在夜间工作。第一，在羽田木制的整个下午都没有看见羽田小智的身影；第二，羽田木制和羽田精制分明的界限应该仅限于营销、资金和加工等方面，其他方面则是共享的，分开时段作业不仅可以避免父子之间见面，而且更有利于羽田精制隐藏工业手段。

……

茶事观礼没有让东川失望。

千利休的后人完全还原了东川之前通过各种资料所了解的唐宋时期流行的沏茶方法——点茶，而且在东京警视厅的特殊优待下，东川还有幸品尝到了一小杯千利休的后人亲手煎、点的茶。

桥本夏木怀着万分激动的心情收藏了那只千利休后人所拥有的、东川喝过茶的小茶杯。

……

桥本夏木以老朋友的身份陪着东川和张天杰把他认为最能代表日本文化的景点全部转了一遍。

……

六月二十一日。

傍晚，端木平次看见东川时的第一句话："东川老师，真相已经水落石出了，非常感谢您的协助。"

东川笑着说道："平次，我只是桥本夏木的助手。"

端木平次不好意思地笑了笑，小心地取出一张支票说道："警视厅最后确认的金额是两亿一千万日元。"

"百分之八十四，已经非常高了！"

"东川老师，请您验收！"

东川摇了摇头："我一分都不能收。"

桥本夏木立即问道："为什么？"

东川笑了："我来日本，是你的邀请；我去看那些调查资料，是满足我个人的好奇心；后续的调查，是我们三个人做了一件共同感兴趣的事情；观礼茶事的时候，我已经接受了东京警视厅的优待。"

"这……"端木平次把求助的目光投向了桥本夏木。

"东川，你的介入帮助警方侦破了案件，这是事实……"

东川轻轻摆了摆手，打断了桥本夏木说道："夏木，我来日本的一切费用都是张天杰负责的，是我不能拒绝的。"

张天杰在一旁开心地笑了。

东川继续说道："夏木，我的建议是你收下。"

桥本夏木立即严肃地说道："东川，如果是别人的建议我会认为是对我人格的侮辱！"

东川笑了："夏木，你以后还会继续去中国旅行，端木平次也可能会去的，我也会再来日本的。这笔钱是正大光明的，如果以后作为我们的旅游资金，一定会对我们的友谊起到积极的作用。"

桥本夏木去过东川的家，完全清楚这笔钱所能产生的改变。

"东川，这笔钱……"

"桥本，我了解自己，也知道钱所能改变的事情。请接受我这个朋友的建议！"

桥本夏木想了想，开心地说道："我接受！"

……

东川、张天杰、桥本夏木一边喝着清酒，一边听着端木平次的故事。

羽田次郎和鱼智寺的住持明觉和尚从小就相识，明觉和尚唯一的心愿就是想让鱼智寺成为传奇。鱼智寺的住寺和尚为了筹集大规模翻修的资金，虽然化缘的足迹遍布了东京，但是所筹集到的资金仍不足预算的十分之一。在明觉和尚几近绝望的时候，羽田小智向其提出了设定善款捐赠最高额度的营销方式。当时，明觉和尚并不认可这种营销方式，完全是出于对羽田家族的信任才接受的。羽田小智第一步是用第三方的身份公开宣扬在鱼智寺祈福消灾灵验的信息；第二步是重点向羽田木制的有钱用户宣扬；第三步是向武川之助射出了第一颗来自地狱的子弹……羽田小智对目标的选择完全是随机的……东川在第三颗子弹现场发现的那个不大的天然湖真的是羽田小智经常去钓鱼的地方，当时搜查的警察在湖边询问正在钓鱼的羽田小智有没有看见形迹可疑的人的时候，小火塘内正燃烧着那根用铁桦木制作的枪管……

故事讲完后，端木平次提出了三个不能理解的问题：一是所有的事情全部都是羽田小智独自一人完成的；二是羽田小智为鱼智寺制作的所有木制品都只收取了成本价；三是第七颗子弹的被害者僧人九山智，羽田小智给出的理由竟然是——就是想杀他！

东川叹了口气说道："平次，不是所有的问题都有答案的！"

桥本夏木轻轻笑了笑，说道："东川，作为案件可以没有答案，作为故事，我很想听听你设计的答案。"

东川笑了："羽田小智独自一人完成，他完全有能力做得到，如果有人暗中帮忙会更容易；羽田小智虽然对所有木制品只收取了成本价，但是还有其他方式获取利润；僧人九山智也许是有能力影响到捐助善款的人。"

桥本夏木沉思片刻后轻轻叹了口气。

……

东川回国后不久，听桥本夏木说，端木平次辞去警察的工作，在东京开了一家平次侦探社。

不久后，又听桥本夏木说，有两名和端木平次一起共事多年的同事从东京警视厅跳槽去了平次侦探社……

完美装修

五一长假的前两天，东川接到了桥本夏木的电话。

"东川，五月二日，名古屋大学将举办一场为期两天的国际多元文化交流会，我之前以个人身份推荐了你，我当时的本意就是想找一个邀请你来日本的理由。昨天，名古屋大学的吉田正三教授亲自给我打了电话，拜托我一定邀请你来日本。原因是我在半年前发表过一篇论文，在论文中引用了你关于'文化决定思考方式'的观点。"

东川笑了："夏木，五一长假我准备好好收拾一下家……"

桥本夏木激动地大声问道："东川，你是有喜事了吗？"

"没有，真的没有。我爸爸妈妈早就想翻建老房子，因为我的原因一直拖到现在。"

桥本夏木在脑海里飞快地思考着怎么能借助这次机会为东川做点什么。

东川继续说道："那只是我的一个观点，从来没进行过系统的论证。"

"东川，你的观点完全是根据你自身的经历和思考总结出来的，你脑海里存储的资料绝对足以进行论证，有一天的准备时间就足够了。"

"夏木，我真的没有那种能力。"

"东川，讲讲你的发现就可以了。"

"夏木，我……"

"东川，我还有一个邀请你来日本的理由。端木平次侦探遇到了自立门户以来的第一个大难题。我一位同事的父亲失踪了，端木平次已经调查了一个多月，毫无进展。"桥本夏木给了东川几秒钟的思考时间，继续说道，"东川，今天是二十九日，我和端木平次飞去中国接你来日本的时间足够了。"

东川无奈地笑了："我明天要去相关部门办理一些翻建房屋的手续……"

"那我给你订三十日的机票……"

……

桥本夏木给东川订完机票后立即给张天杰打了电话，两个人足足商量了半个多小时。

……

五月二日。

在国际多元文化交流会上，东川和桥本夏木就同一个问题不带任何主观臆断地去讲述各自的原始思考，用对比的形式最直观地展示了不同文化对思考方式的影响。第二轮原始思考讲述之后就引起了与会者的共鸣，积极主动参与第三轮原始思考讲述的人一下子激增到了十一人。

文化决定思考方式的观点在短短的一个小时内就得到了与会人士的一致认同。

......

傍晚，端木平次送来厚厚的调查资料。

在三个多月前的一月二十一日，名古屋市的广末久长带着自己的设计资料找到名古屋市牧野设计的牧野纯一，要求按照自己的设计翻新住宅。

一月二十二日，牧野纯一带人实地勘查后，就在广末久长的家里正式签订了房屋翻新合同。当天，广末久长用支票向牧野设计支付了百分之十五的工程款（八百一十万日元）作为定金。

一月二十三日上午，牧野纯一带着家政工人帮广末久长进行了各种打包。下午，施工队伍进场，进行施工前的各种准备。当晚，广末久长又用支票向牧野设计预付了百分之七十的工程款（三千七百八十万日元）。

从一月二十四日起，牧野纯一就再没见过广末久长。

一个半月后，翻新工程全部结束。

牧野纯一又等了半个多月，实在没办法了。为了剩余的百分之十五的尾款（八百一十万日元）在三月五日亲自到东京大学向广末久长的女儿广末良子求助。

三月六日，广末良子在丈夫的陪同下去了名古屋市。

广末久长家院子的大门锁是电子锁，是锁闭状态的。

牧野纯一完全是按照广末久长的设计要求，在翻新工程结束后，启用了由广末久长提前设定好的电子门锁。没有密码或指纹，只能翻墙进入或是破坏性开门。

广末良子试着输入自己小女儿的生日后，竟然打开了院子大门的门锁。房子的正门也是电子锁，广末良子用同样的密码打开了房子的正门。

他们在客厅里发现了一串硬币大小的黑色污迹和牧野纯一在离开房子之前遗留在客厅里的一个棕色布包。

广末良子立即报了警。

警察当时的现场调查结果是：房子内没有发生过打斗的痕迹；所有门窗都没有被破坏过的痕迹；电子门锁的系统记录显示，院子大门和房子正门的电子门锁都是第一次被开启。

警察后续的调查结果是：黑色污迹是广末久长的血液；牧野纯一和四名工人都证明在离开之前绝对没有血迹的存在；牧野纯一的棕色布包里有一部手机，未接来电的时间段是从被落下的当天二月十五日一直到手机没电；附近的邻居和一些平时常联系的人从施工队伍进场之后就没再见过广末久长。

最后，当地警察把广末久长列为失踪人口。

无奈之下，广末良子向桥本夏木求助，桥本夏木向其推荐了已经在东京小有名气的端木平次私家侦探。

……

"东川老师，我详细调查了广末久长之前的生活轨迹，按照他的生活轨迹展开思考，凡是我能想到的地方都找过了。"

"存在自杀或仇杀的可能性吗？"

"警方和我都排除了自杀或仇杀的可能性。广末久长为人低调、待人和善，退休后更是积极参与各种公益活动，与邻里和相识的人相处得极为融洽，不存在仇杀的动机。广末久长中年丧妻后一直没有再娶，和广末良子之间的父女感情一般，但是超级喜欢广末良子的小女儿，翻新房屋的主要原因就是因为广末良子要把小女儿送到名古屋市，可以排除自杀的可能性。"

"见财起意的可能性呢？"

"也基本不存在。广末久长早年进行的投资收获颇丰，喜欢收藏，但是没有人把他定义为有钱人。我问过广末良子，她也不认为她父亲是有钱人，最多就是丰衣足食的标准。我找专业人士去翻新后的房子中鉴定过他的收藏品，有六大箱子，总价值绝对不会超过五百万日元。"

"意外身亡的可能性呢？"

"我找警方的朋友调取了合理时间段内所有意外身亡的事件，全部核对过了。"

……

东川详细翻看了端木平次的调查记录，认为完全可以作为自己的思考依据。

"平次，我想看看广末久长的设计资料，还想见一见广末良子，方便吗？"

端木平次想了想，说道："广末久长的设计资料在牧野纯一的手里，我可以请广末良子出面帮忙，广末良子应该不会拒绝与您见面的。"

桥本夏木突然笑着说道："东川，今天在会场上我看见广末良子了。"

东川看了看时间。

桥本夏木也看了看时间："应该不会休息，我现在就打电话。"

……

巧合的是广末良子也住在同一间酒店。

……

在酒店的咖啡厅里见面寒暄后，东川笑着说道："良子小姐，我和端木平次是好朋友，他正在努力办理您委托的事情，没有时间陪我，但是我可以陪他。我看过了他的调查记录，有几个我个人的疑问想向您请教一下，打扰您了。"

广末良子笑着说道："夏老师，与您见面是我的荣幸。当时我就在会议现场，您和桥本老师的讲述精彩极了。我完全赞同您和桥本老师提出的'文化决定思考方式'的观点。"

"感谢您的认可！"

广末良子继续说道："我原本的计划是明天再请求桥本老师向您引见我。"

东川笑了："良子小姐，那我就可以放心地问问题了。"

"夏老师，我一定会完全客观地回答您的问题。"

"良子小姐，您为什么选择住酒店？"

广末良子想了想，说道："夏老师，最根本的原因是我不想破坏我父亲家里的任何痕迹。"

"您认为您父亲存在被害的可能性吗？"

广末良子轻轻地点了点头道："我母亲过世的时候，我当时认为父亲有一定的责任，是我主动疏远了父亲。但是，父亲对我的爱一直在增加。后来，我理解了，即使把责任强加给父亲，那也是他当时的无意或是疏忽所造成的，绝对不是主观上的。我很愧疚，开始躲着父亲。父亲非常喜欢我的小女儿，我和我先生决定把小女儿送到名古屋，完全是因为我想补偿我父亲。"

广末良子调整了一下情绪继续说道："我父亲非常天真，总是制造各种惊喜送给我的小女儿，比如说明明是自己购买的玩具，却说成是商场幸运抽奖送给我小女儿的，甚至还会采用邮寄的方式送达。"

"良子小姐，您父亲翻新房子完全是为了您的小女儿吗？"

"夏老师，我想是的。从我母亲去世后，父亲一直保持着房子的原样，那是他对我母亲的爱。我是在半年前告诉父亲要把我的小女儿送去他身边的。父亲当时开心极了，说要为我的小女儿重新设计一个最舒适、最安全的家。"

"良子小姐，以您的了解，您的父亲有没有可能为了您的小女儿去某个地方做什么事情，而且不方便和任何人联系？"

"我之前也想过这个问题，但是根本找不到说服自己的理由，而且房间里的血迹不可能是我父亲在自由状态下留下的。"

"为什么？"

"因为我讨厌血迹。"

"良子小姐，您父亲经常使用支票吗？"

广末良子摇了摇头，说道："在我的记忆中，我父亲喜欢使用现金支付。"

东川为了确认，追问道："大额的支付呢？"

广末良子想了想，说道："我从没见过父亲使用支票，我甚至不知道他有支票簿，我曾见过他用六百多万现金购买收藏品。"

"您了解您父亲的收藏吗？"

"不了解。"

"良子小姐，您判断您父亲是有钱人吗？"

"我父亲绝对不是有钱人……"广末良子收回了后面的话，陷入了思考。

东川轻声问道："按照表象判断，您父亲不是有钱人，但是还有很多不能合理解释的事情。"

广末良子轻轻地点了点头。

东川看着端木平次问道："现在还能排除见财起意的可能性吗？"

端木平次表情严肃地摇了摇头。

广末良子突然站起身，向东川深深地鞠了一躬后说道："夏老师，我恳请您帮忙寻找我父亲，拜托您了！"说完，又深深地鞠了一躬。

在广末良子第一次鞠躬的时候，东川就立即站了起来。在广末良子第二次鞠躬后，东川说道："良子小姐，您太客气了。我来日本参加文化交流会是完成桥本先生的任务，协助调查是端木先生交给我的任务。"

广末良子急忙分别向桥本夏木和端木平次鞠了躬，说道："真是太感谢二位了！"

桥本夏木鞠躬还礼后笑着说道："广末老师，感谢您的信任。"

端木平次鞠躬还礼后带着歉意说道："良子小姐，没能及时完成您的委托，请原谅！"

东川真的不习惯这么严肃的礼节，岔开了话题，笑着说道："良子小姐，我还有一个小小的请求。"

广末良子看着东川，也笑着说道："夏老师，我也有一个小小的请求。"

"良子小姐，您先说。"

"夏老师，我想参与调查。"

"良子小姐，与您交谈之后，我认为您的参与将是找出事实真相的必要条件。"

"夏老师，您过奖了。我只是无法再继续忍受未知的等待。"

"良子小姐，我的请求是想去您父亲的家中看看。"

广末良子看了看时间。

"良子小姐，您完全不用考虑我的作息时间，只要您方便，随时都可以。"

"夏老师，辛苦您了！"

……

进入广末久长的新家后，广末良子习惯性地按下了门口处的开关。整个一楼内所有的灯瞬间全部亮了。

广末良子凝视了几秒钟，带着甜甜的温暖的语气说道："我喜欢明亮的感觉。小时候，即使外面的天还很亮，父亲也依然会为我打开房间里的灯。"

……

东川用了将近三个小时，仔仔细细地检查完了室内。

端木平次紧跟着东川，广末良子紧跟着端木平次，桥本夏木在最后。四个人就好像是被绑成了一排，东川观察过的任何一处，三个人都跟着观察一遍。

最后，东川指着厨房内略微不整齐的六排四层二十四个大纸箱子问道："平次，在你检查之前，应该是整齐的吧？"

端木平次不好意思地笑了笑，说道："是的！"

东川看着广末良子问道："良子小姐，感觉如何？"

"这就是我心中最完美的家的样子！"

"夏木，分享一下你的观察结果吧！"

桥本夏木赞道："完美！装修装饰所用的材料全部都是高品质的，完成的效果是顶级的。"

东川笑了："五千四百万日元的工程造价绝对是物超所值。"

东川转头看着广末良子问道："良子小姐，牧野纯一去找你的时候，是不是说过这个工程他几乎没有赚到钱之类的话？"

"是的，他说过很多次。"广末良子迟疑了一下，继续说道，"我没有替父亲支付剩余的八百一十万尾款，是因为我相信他也在积极寻找我父亲。"

东川突然提高了声音问道："良子小姐，这一切，包括您父亲的失踪，您都有能力做到，对吗？"

"您说什么……"广末良子瞬间控制住了情绪，思忖了片刻，点了点头说道，"我的确有能力做到！"

东川带着歉意说道："良子小姐，请您原谅我刚才的问题。"

广末良子轻轻摇了摇头："夏老师，我应该感谢您才对。是您的问题提醒了我，我父亲甚至比我更有智慧，如果真的发生了不可抗力的事情，只要有机会他一定会留下线索的。"

东川点了点头说道："良子小姐，非常抱歉，我现在基本可以判断您的父亲绝对不是自己主动消失的。"

广末良子思忖了片刻，说道："为我女儿打造的家，更是为我打造的，父亲在心中一直期待着我能回到他的身边……"

"我判断您的父亲很有钱，而且非常智慧。出于个人习惯或是对某些事情的考量，您的父亲成功地让所有人都认为他不是一个有钱人。但是，人老了，而且是在非常开心的情况下，完全可能在不经意间被人发现了。"

广末良子、桥本夏木和端木平次，三个人不约而同地点了点头。

东川看了看时间，说道："夏木，我们该回酒店了。"

"夏老师，这里的房间足够，而且各种用具都全，我邀请您三位住在这里。"

"这……"东川把决定权交给了桥本夏木。

桥本夏木知道，如果东川留在这里就会继续进行调查的，也更方便调查。于是看着广末良子问道："广末老师，真的方便吗？"

广末良子笑了："桥本老师，请您接受我的邀请。"

"那就打扰了！"桥本夏木转头看着东川说道，"东川，我们就留下吧。"

东川笑了："你们三位去休息吧,我想检查一下那些纸箱。"

广末良子第一个说道："夏老师,我会失眠的,我陪着您一起检查,有可能会帮助您解答一些疑问。"

东川点了点头。

"东川,我现在一点睡意也没有。"桥本夏木及时表明了自己的状态。

东川看着端木平次说道："平次,你必须去休息,明天你的任务很重。"

端木平次点了点头。

……

喝过咖啡之后,东川开始按照顺序逐一打开纸箱进行检查。

二十四个大纸箱中,有八个装的全部是书籍,有五个装的是精致的、有年代的、属于这个家的小物件,有两个装的全部是广末良子以前的物品,有两个装的全部是广末久长的个人物品,有一个装的是各种照片和有纪念意义的各种卡片,剩下的六个装的全部是端木平次找专业人士鉴定过的收藏品。

广末良子一边陪着东川检查,一边顺便把纸箱内的物品直接进行了摆放。

八个纸箱的书籍,东川几乎每本都翻了一下,没有任何发现。

五纸箱的小物件中的绝大部分,广末良子几乎都是非常自然地就找到了合理摆放的位置。

东川忍不住问道："良子小姐,请问您是根据您的习惯或是喜欢进行摆放的吗？"

广末良子思考了片刻，说道："夏老师，我的习惯和喜欢都有，而且很多都是我记忆中的位置。"

"房子虽然重新装修过了，但是依然能给您装修之前的感觉，是吗？"

"是的！"

东川不由得在心中赞道："广末久长绝对是一位智者！"他对广末久长的设计资料更期待了。

两纸箱广末良子以前的物品，保存得都非常完整。广末良子没有任何发现。

在装着各种照片和各种有纪念意义卡片的纸箱中，东川找出了十七张可以作为参考判断依据的照片和四张古董资料卡片。

检查完六大纸箱收藏品后，东川终于有了重大发现：

六大纸箱中一共有二百零三件收藏品，其中一百六十七件，东川根据生活常识就能判定为低级的赝品，剩余的三十六件东川无法判断。之前的十七张照片中一共出现过九件收藏品，东川在六大纸箱中找到了七件，全部是低级的赝品，其中有五件通过照片对比就可以判断出绝对不是照片中的原物，另一件在东川无法判断的三十六件中，最后一件没有找到类似的实物。四张古董资料卡片上对应的四件古董没有关联到实物。

广末良子盯着东川分好类的收藏品，良久才说道："夏老师，我知道我父亲喜欢收藏，但是……"

"数量上超出了您的预料？"

广末良子点了点头。

东川轻轻叹了口气："也许这些只是一部分，也许原来全是都是真品！"

"夏老师，我父亲会不会为了装修而卖掉了一些收藏品，然后……"

东川轻轻摇了摇头："您的父亲是一位智者，从室内的装修可以看出他做事情有着非常严格的标准，绝对不可能接受这种低级的赝品。"

广末良子深深地鞠了一躬，动情地说道："夏老师，真是无以表达对您的感谢！"

"良子小姐，您客气了。能追随一位智者的脚步去寻找答案，对我来说是一种荣幸！"

……

五月三日。

外面的天空已经很明亮了。

东川睡意全无，看着窗外的小花园，正思考着牧野纯一那只棕色布包当时落在房间里的各种可能性和布包所能关联到的各种方向……

突然，一节塑料水管从墙外伸进了小花园，给正下方一大丛异常茂盛的玫瑰浇水。

东川悄悄进入花园，水管收回去后又等了片刻，直到听见离开的声音后东川才攀上墙头，看见一名清洁工人正推着一辆手推车缓慢地走远。手推车上印制的编号是十七。

……

东川回来后，广末良子轻轻擦掉了眼泪说道："夏老师，我母亲就埋在那丛玫瑰下面。"

……

等端木平次吃完广末良子做的早餐后，东川一共交代了五个任务：

第一，广末久长的设计资料；

第二，给玫瑰花浇水的清洁工人；

第三，一百六十七件赝品的出处；

第四，牧野纯一落下的棕色布包里的手机的通话记录；

第五，按照时间节点还原整个过程。

……

中午，东川醒来的时候，广末良子已经准备好了丰盛的午餐。

"夏老师，我对牧野纯一说要核对翻修工程，他没有任何犹豫就把我父亲的设计资料给了我，而且还把所有购买材料、家具、用品的领收书和其他涉及费用的领收书都给了我。"

"没有任何犹豫，是不是有一种早就准备好的感觉？"

广末良子想了想，说道："是的。"

"良子小姐，牧野纯一有没有提出希望您能支付剩余尾款的想法？"

广末良子摇了摇头说道："我故意多停留了一会儿，牧野纯一丝毫没有表达出希望我支付剩余尾款的想法，他多次安慰我一定会找到我父亲的。在牧野设计,我观察了我所能接触到的,没有任何可疑之处。"

……

吃过午饭后,东川、广末良子和桥本夏木三个人参照广末久长的设计资料共同核对起了房屋的翻新工程。

广末久长的设计资料一共有一百八十三张,全部都是手写的。所有的材料、工艺、颜色、尺寸等等,甚至连厨房里咖啡杯的颜色、摆放位置都写得清清楚楚。

让东川由衷赞叹的是:牧野设计竟然执行得丝毫不差。

赞叹的同时,疑问也更加突出了:一百八十三页设计内容能执行得丝毫不差,为什么会把自己的布包落下呢?

……

在核对领收书的时候,东川发现了一个问题:在一楼书房里有一张崭新的酸枝木书桌,东川一眼就看得出是私人定制的,但是领收书上显示的信息却是量产级的流通产品。

足足观察了半个多小时,东川才找到了隐藏在桌腿花纹里的三个组合机关。

掀开桌面,下面藏着一个用蜡封的精致扁铁盒。

在广末良子打开铁盒之前,东川拉着桥本夏木离开了书房。

……

十几分钟后,东川看着走进客厅的广末良子说道:"那张书桌绝对不是牧野设计直接从商场里买来的。"

广末良子轻轻点了点头,又轻轻咬了咬嘴唇,问道:"夏老师，您不想知道铁盒里装的是什么吗？"

东川看着广末良子摇了摇头。

"为什么？"

东川笑了："第一，良子小姐，您可帮我确定您父亲是否拥有足以让人动心的财富；第二，我找到了可以确认的疑点；第三，您对一些事情的判断会比我更准确。"

广末良子深深地鞠了一躬，说道："夏老师，如果没有您，我是永远都不会发现的。"

"只是可能而已！"东川的话锋一转，问道，"良子小姐，您今天在牧野设计看见过类似的书桌吗？"

广末良子仔细地回忆了一下，说道："我的确看见过一张类似的书桌，大小、颜色、造型，甚至是雕刻的花纹都高度相似。"

桥本夏木在一旁点了点头说道："为了不引人注意，很多私人定制会要求原样复制市面的流通产品。"

"书房里的书桌应该是在牧野设计介入之前就存在的，那为什么……"广末良子陷入了思考。

如果书桌之前就存在，那牧野设计为什么会提供领收书呢？自己买了书桌让别人买单，单纯是为了钱吗？广末良子突然想到了一个可怕的逻辑：父亲在支付最后的尾款时，一定会进行核对的，这么重要的书桌一定会被发现，除非牧野纯一可以确定不会被父亲发现……

广末良子不敢再想下去，噙着泪水看向了东川。

东川轻声说道："任何不可思议的事情，只要发生了就一定有合理的原因，不可思议只是因为没有找到合理的原因而已。"

"夏老师……"

"良子小姐，我说过您的参与将是找出事实真相的必要条件，前提是您必须保持冷静和理性。"

广末良子轻轻地擦去了泪水。

东川从广末久长的设计资料中找出了第九十一页、第九十二页和第一百三十一页。

从第九十一页的第一行起，到第九十二页的第二十一行，手写的设计内容全部都是关于小花园的。第九十二页第九行末尾的句号稍微大了一点。从第九十二页的第十行起，到第十五行结束，手写的设计内是对小花园里土壤更换的具体要求和标准。第十五行结尾的句号也稍微大了一点。从第九十二页的第十六行起，到最后的第二十一行结束，手写的设计内容是对小花园里那丛玫瑰花的详细保护方法。第二十一行结尾的句号也稍微大了一点。

东川指了指第九十二页上三个稍微大一点的句号后，问道："良子小姐，您的父亲是否有用稍微大一点的句号作为某种标记的习惯？"

类似这样的习惯，桥本夏木是了解的，也见过许多，他解释说道："广末老师，如果这是一种养成的习惯，在您父亲其他手写的文字中也一定会存在。"

广末良子立即去二楼找来一些信件和卡片。

在信件和卡片中，凡是广末久长手写的，只有在最后结尾

完美装修

处的句号是稍微大一点的，而且在一封信件或卡片中只有一个稍微大一点的句号。

东川认真地说道："夏木，我需要你的判断。"

桥本夏木轻轻点了点头，说道："第九十二页中，第十五行结尾处稍微大一点的句号和第二十一行结尾处稍微大一点的句号应该是故意的，所对应的内容也应该是后加上去的。"

东川微笑着点了点头。

桥本夏木看着满脸疑惑的广末良子说道："广末老师，您的专业是数学，可能会有一点不容易理解。您看……"桥本夏木随手翻开广末久长的设计资料，一边用手指引一边解释道："这是对门前走廊的设计，是从第一行开始的，在门前走廊设计内容全部结束后才用了一个稍微大一点的句号，句号后面就没有和门前走廊相关的设计内容了，在句号后面是空白的。这是对房子正门的设计，也是从第一行开始的，同样在房子正门设计内容全部结束后才用了一个稍微大一点的句号，句号后面再也没有和房子正门相关的设计内容了，句号后面也是空白的。"

桥本夏木又指了几处总结道："对每一处的设计，都是从第一行开始的，设计结束后才会用一个稍微大一点的句号。"

桥本夏木给了广末良子几秒钟的理解时间后，并排铺开第九十一页和第九十二页，说道："从第九十一页的第一行起，到第九十二页的最后一行，全部是关于小花园的设计内容。"

桥本夏木用手盖住第九十二页第九行后面的内容，分析道："从设计思路上分析，以上部分的设计已经很完善了。"桥本夏木用手指画了一下从第十行到第二十一行的范围,继续分析道,"更换土壤的工程量比较大,在整个小花园的设计中应该占据很重要的位置,理应是首先要考虑的问题。那丛玫瑰承载着特殊意义,更应该是重点要考虑的问题,而且……"桥本夏木看了一眼广末良子,问道:"如果您的父亲能继续亲自照顾那丛玫瑰,这个设计是不是就有些多余了?"

广末良子重重地点了点头。

桥本夏木又并排铺开了第一百二十九页、第一百三十页和第一百三十一页。书房的设计是从第一百二十九页第一行开始的。在三页手写设计中,第一百三十一页的第十行和第十九行末尾的句号都是稍微大一点的。从第一百三十一页第十一行起,到第十九行结束,手写设计内容全部是关于书房里那张酸枝木书桌的。在第十九行结尾处还用括号标记了"良子喜欢"。

桥本夏木用手盖住第一百三十一页第十行后面的内容,说道:"以上对书房的设计已经非常完善了,虽然在内容中丝毫没有提及书桌,但是……"桥本夏木看了东川一眼继续说道,"我读完书房的设计,完全可以感觉到那张书桌是存在的。或者说,如果没有那张书桌,设计者的思路是不完整的。"桥本夏木用手指先画了一下从第十一行到第十九行的范围,然后指着第十九行末尾的句号,继续说道,"我判断这个稍微大一点的句号应该是故意的,所对应的内容也应该是后加上去的。"

……

广末良子认真读完了关于书房的设计内容后,又思考了一会儿，才认可地点了点头。

"无论是执行设计方案的人，还是阅读设计资料的人，如果没有一定洞察能力是很难发现的……"桥本夏木突然想到了一个问题：一百八十三页的设计内容能丝毫不差完美执行的人，没有洞察能力吗？

广末良子也突然想到了另一个问题：第一百三十一页第十行起至第十九行的内容绝对是父亲亲笔书写的，字体工整，内容简练，表达准确。父亲当时的心情应该是非常平静的，平静心情对应的环境呢？如果当时父亲是自由的，那为什么要用补充设计的方式留下疑点呢？

桥本夏木和广末良子几乎同时把疑惑的目光投向了东川。

东川轻轻地笑了一下，说道："广末久长先生是一位智者，智者的高度是思想。牧野设计或是其他人的高度是动手的能力。"

桥本夏木轻轻地点了点头。

东川继续说道："广末久长先生也许没有能力去阻止将要发生的事情，但是绝对有能力寻找机会留下对手不会发现的线索。"

广末良子轻轻地点了点头。

……

晚上九点多钟，端木平次带回了剩余四个任务的调查结果。

第二个任务：

给玫瑰花浇水的清洁工人是牧野纯一正大光明委托的。理由是为了保证百分之百完成广末久长先生的设计，也为了最后剩余的百分之十五的尾款。这显然合情合理，而且在商谈劳务费用的时候，牧野纯一是当着其他几名清洁工人的面一路杀到最后的，双方约定结束浇水的时间是以牧野纯一本人通知为准的。

因为清洁工人给玫瑰花浇水的时间比较早，而且牧野纯一当时是一个人去找的清洁工人，所以端木平次在之前的调查中完全没有发现。

第三个任务：

一百六十七件赝品，在爱知县就可以轻易地找到百分之五十以上，如果加上东京、山梨和大阪等地，基本可以百分之百找到。

第四个任务：

端木平次不但弄到了牧野纯一落下的手机的通话记录，而且还对打进的未接电话进行了调查。

其中有两个重要电话，一个几乎每天都会打两三次，电话登记的人叫大川明进，是一名货车司机，和牧野设计合作多年，几乎每天都会去牧野设计。

大川明进的解释是牧野纯一发现自己的手机不见后，请求他帮忙寻找，大川明进帮忙寻找过之后，能想到的办法就是每天打几个电话，确认一下手机的状态。

另一个是牧野纯一的助手田古泽西。在手机被落下后的第二天和第三天，两天内连续打进了二十几次。田古泽西的电话目前是关机状态。

第五个任务：

端木平次之前已经对所参与打包的家政人员和所有参与工程的人员进行过调查，当时调查的重点是什么时候见过广末久长和其是否存在被害的可能。

东川交代的任务是按照时间节点还原整个过程。两者之间的区别就如同听电影和看电影的区别，听是别人对自己看见的在理解之后的描述，看可以自己发现别人忽略或认为不是问题的问题。

之前的调查，每一个环节端木平次都做了详细记录，相当于为第二次调查做好了最充分的准备。

翻看完调查记录后，东川由衷地赞道："平次侦探的调查能力远远大于名气！"

端木平次咽下一口广末良子亲手做的味噌汤后，说道："东川老师，您过奖了，很多方法和思考方式都是您教的。"

东川摇了摇头，看着桥本夏木说道："夏木，你的评价才是公正的。"

桥本夏木笑了笑说道："平次当警察的时候，调查能力就非常突出。以他的能力和努力，已经达到了优秀侦探的标准。要达到名侦探的标准，思考能力和推理能力还需要提高。"

……

端木平次一吃完晚饭，就迫不及待地开始讲述调查的结果。

牧野纯一带着家政工人帮广末久长进行打包的当天下午四点多钟，牧野纯一接到一个电话后，当着正在干活的工人的面让田古泽西马上去东京接洽一家公司的装修工程，马上出发，还当面交给了田古泽西两百万日元……田古泽西离开后就再也没有出现过。其间，牧野纯一有好几次当着工人的面拨打完电话后，大骂田古泽西这个笨蛋为什么不接电话……在施工的过程中，牧野纯一每天都是第一个到达，和工人一起离开……在施工的过程中，牧野纯一以工作辛苦为理由，一共给全部工人放过六次假，两次是一整天的，四次是整个下午……工程自我验收结束后，牧野纯一是和四名工人一起离开的……

听完讲述后，东川问道："田古泽西的家庭背景调查过吗？"

"没有实地调查过，只是听几名工人说的。是大阪人，很少回家，也很少和家人联系，在牧野设计工作了六年多，能力很强，工作努力，和牧野纯一关系非常好。"

"平次，你怎么理解那两百万日元？"

"如果是去接洽装修工程，需要和公司方面的人进行各种沟通。如果是很大的工程，再多带一些现金也完全合理。"

"平次，你找专业人士鉴定过那六大箱子收藏品，其中的大部分，就是以赝品的价格去购买，二百万日元能买多少？"

端木平次认真回忆，思考了一会儿，说道："大约能买到两百件左右。"

"能确定吗？"

端木平次点了点头："我空闲的时候也喜欢转转古旧物的市场，多少也了解一点。那位专业人士和我认识多年了，当时我们谈了很多。"

"平次，如果那些收藏品全部是真的，估价大约是多少？"

"至少会超过三亿日元!"

东川看了一眼广末良子,广末良子在听到三亿日元估价的时候丝毫没有产生惊讶的表情。东川判断广末良子在书桌里找到的价值绝对远远超过了三亿日元。

广末久长绝对是一个隐形富豪!

在这个基础上推理,田古泽西带着两百万日元离开,又多了一种可能:

在上午的打包程中,顺便就可以完成对六大箱子收藏品的估价,中午有密谋和准备的时间,下午用一个合理的借口离开,在以后的施工过程中寻找机会进行替换。

这绝对是一个简单的、完美的,而且非常容易执行的计划。

再用端木平次的调查结果去关联辅证:

牧野纯一用电话证明了田古泽西的失联状态,这样购买赝品的行为即使被发现,也和自己完全没有关联。牧野纯一每天第一个到达,和工人一起离开,这是在时间上对自己最好的证明。但是,在工人们到达之前,他绝对有时间去做很多事情。放过六次假,两个整天接连着两个夜晚,四个下午也接连着四个夜晚,在时间上是绝对充足的。

再按照时间节点进行梳理:

广末久长带着自己的设计资料找到牧野设计,牧野纯一带人实地勘查,正式签订房屋翻新合同,牧野设计收到定金支票,牧野纯一带家政工人打包,再次收到预付工程款的支票,施工过程,离开广末久长的家,找到广末良子……

东川在进一步把各种合理的可能性穿插进各时间节点：

看过设计资料后，对于看上去普普通通的广末久长，牧野纯一怀疑其是否有能力及时支付五千四百万日元的工程款是完全合乎常理的。支付定金的时候，如果广末久长直接拿出八百一十万日元现金，完全符合他的个人习惯。但是，牧野纯一在对广末久长的认知上一定会产生各种联想，请求用其他方式支付就是对联想的一种验证方式。广末久长开具支票后，那八百一十万日元的现金在一定程度上就变成了诱惑。牧野纯一去银行兑换支票的时候，可以非常容易地通过银行再次对广末久长进行验证。确定广末久长的经济实力后，如果想进一步关联调查广末久长的家人，找几个人问问或是打几个电话就能查证。

组织工人打包的时候又有了新发现，同时对那些收藏品进行了大致估价，三亿日元的价值和没有家人陪伴的事实，足以让牧野纯一产生侵占的欲望。

经过密谋和策划后，田古泽西去采购替换的赝品。

牧野纯一有很多理由可以请求广末久长提前预付部分工程款。广末久长同意后，完全有可能让牧野纯一又进行了一次现金和支票的选择，这个选择让牧野纯一发现了更大的诱惑。价值三亿日元的收藏品，加上超过三千七百八十万日元的现金，再加上可能存在的价值，足以让牧野纯一忍不住把已经暗中开始准备的偷窃提升到了赤裸裸的绑架。

即使被控制后，广末久长绝对有能力用更大的诱惑或是以后的安全说服牧野纯一，争取到时间的同时也在设计资料上留下了线索。

田古泽西暗中带回采购的赝品，利用给工人放假的时间进行替换。

工程结束后，牧野纯一很可能是故意留下了自己的布包，用手机证明自己打不开已经设定好密码的电子门锁。在离开的当时，是否启用了提前设定好的密码，只有牧野纯一自己知道，因为在场的工人不可能去检验。

在合理的时间内找机会进入，留下广末久长的血迹，证明在自己离开后广末久长曾出现过。离开的时候在正式启用广末久长之前设定好的密码。

再等到时间合理后，去东京大学找广末良子帮忙。

……

东川在心中叹了口气，不但计划和实施都超级完美，甚至提前设定好了后续的发展。广末良子发现父亲失踪后，一定会报警的。

当地警方对各种表象进行调查后，把广末久长列为失踪人口是完全合理的。

端木平次接受委托的任务是寻找失踪的广末久长，在排除被害的可能性之后，查找的方向是正确的，没有找到广末久长也是合理的。

广末久长手写的设计资料是核对工程的唯一凭证，在没有收到剩余的尾款之前，牧野纯一保留设计资料是完全合理和必要的，而且能合理索要设计资料的人只有广末良子。假如没有东川的出现，广末良子甚至不会索要设计资料，即使要回了设计资料也仅仅会当作父亲的遗物保存。

……

还有一个问题困扰着东川：广末久长被控制之后，说服牧野纯一需要时间，增加设计也需要时间，这段时间内广末久长在哪里？

……

东川端着咖啡杯，看着窗外的时候，突然在记忆中搜索到了一处设计资料和实际施工有出入的地方——通向二楼的楼梯下面被封闭成了一间小储物室。东川对设计资料的理解是在小储物室建成后，再独立安装内部的地板，而之前观察到的事实是小储物室直接被建在了地板之上。

这是有很大区别的！

小储物室建成后再独立安装的内部地板是随时可以简单拆除的。而在地板上直接建小储物室，如果想要拆除内部的地板是需要进行破坏的。

东川看着广末良子问道："良子小姐，您父亲的家里有地下密室吗？"

"没……"广末良子仔细想了想后，说道，"我不知道！"

东川轻轻地笑了笑，把自己发现的细节不带任何主观色彩地讲述了一遍。

桥本夏木、端木平次和广末良子三个人拿着设计资料实地对比了五六分钟，才百分之百确认了设计资料和实际施工的出入。

"东川老师，这样施工可以降低施工难度，可以降低成本，而且伪装得也非常巧妙。"

端木平次说完，有意地看了看广末良子。

之前，东川已经用问题进行了铺垫。广末良子看着东川说道："夏老师，如果下面有地下密室，改变施工后，被发现的可能性就更小了。"

东川笑了："理论上是的。"

"夏老师，我请求您帮忙检查一下地板下面。"

……

车库里有各种各样的工具，东川、桥本夏木和端木平次立即开始动手进行拆除。

只能破坏性拆除的小储藏室，极大地提高了地下密室存在的可能性。

因为按照东川对设计资料的理解，小储藏室不仅可以很简单、很容易地被拆除，而且还能很简单、很容易地被恢复。

被掀开的地板下面是一层厚厚的防水材料。

清除掉防水材料后，漏出了一块大约 1.5 米宽、两米长的灰白色的水泥地面。水泥地面完全是一种自然的平整。

清理水泥地面的时候，为了减少灰尘和噪音，东川是用小锤子一小块一小块地敲掉的。在发现了一根通向深处的电源线后，端木平次马上开始用大锤子一大块一大块地敲掉……

灰白色水泥全部清除后，在地面上露出了两扇约0.4米宽、

1.2 米高的紧紧闭合的铁门。

之前发现的电源线通过右侧铁门旁的一个小孔继续通向地下。

东川带着手套抓住左侧铁门上的拉环……

端木平次的左手握紧了手电筒，右手握紧了手枪……

东川小心翼翼地向上拉，一点点地加力，铁门被一点点地拉开……

端木平次紧紧地盯着……

左侧铁门被完全打开了，一股淡淡的潮湿混合着骚臭的气味飘了上来。

手电筒光照之处是一条通往地下的石头台阶，台阶的尽头是黑暗和安静。

东川依然小心翼翼地拉开了右侧的铁门。

端木平次依然紧紧地盯着。

……

东川去找来一段电源线，连接好，接通电源后，台阶的尽头瞬间明亮了。

端木平次右手紧握着手枪，猫着腰小心地进入……

不到一分钟，端木平次的声音就传了上来："东川老师，下面安全。"

……

台阶尽头的地下空间面积将近二十平方米，高度超过了两米，墙壁、地面和圆弧形的顶棚全部都是用大块花岗石砌筑的，一床、一桌、一椅都是木头的，摆放整齐；在右侧墙角并排立着三只淡褐色的大箱子，都被端木平次打开了，全都空无一物。

东川仔细检查后，没有任何发现。这里除了气味以外，干净程度甚至达到了一尘不染的标准。

……

东川找到了最后一个问题的答案：广末久长被控制后，一直就在地下密室里。

一切都合理了！

牧野纯一在打包完成之后，因为贪念开始策划对广末久长的收藏品进行偷梁换柱，田古泽西在一个合理借口的掩护下带着现金去购买赝品。也许是在广末久长开出第二张支票的前后，牧野纯一发现了更大的诱惑，一时冲动把已经开始准备的偷窃行为提升到了赤裸裸的绑架行为。广末久长发现自己无力抗衡后，用更大的诱惑和以后的安全说服了牧野纯一，甚至是主动告知了密室的存在，就在密室里帮着牧野纯一一步步消除各种痕迹，同时在设计资料上留下了线索。田古泽西暗中带回采购的赝品后，如果知道偷窃行为已经上升到了绑架行为，无论是否接受都会触动牧野纯一的利益。如果不知道，以后他将是牧野纯一最大的隐患。没有人见过田古泽西，正好可以直接提升到失联状态，再当着工人的面多次打电话去证明田古泽西的失联。

东川故意跳过了广末久长最后的去处。

工程结束后，牧野纯一没有启动设定好的密码，当时在场的工人也不可能去检验。故意留在自己的布包。在合理的时间内找机会进入广末久长的家，留下血迹，用血迹证明广末久长曾经出现过，用布包里的手机证明自己打不开已经设定好密码的电子锁，离开时再启用设定好的电子密码。用田古泽西的手机给自己布包里的手机打电话去证明田古泽西当时的存在。为了剩余的尾款，到处寻找广末久长。等到时间合理后再去东京找广末良子帮忙。

东川讲述完后，广末良子犹豫了好一会儿，才问道："夏老师，我父亲现在在哪里？"

"广末久长先生是一位智者，地下密室应该是他亲自打扫的，在能力范围内已经做到了极致，他不想离开这个家！"

广末良子努力控制着自己的情绪，悲伤地问道："夏老师，请您告诉我。"

"我推断，他现在和您母亲在一起。"

东川的话音一落，桥本夏木和端木平次的目光都不约而同地飘向了窗外的小花园。

广末良子的思维已经混乱了，带着泪光追问道："怎么可能？"

"良子小姐，小花园里的土壤根本不需要更换！"

广末良子一下子瘫坐在了沙发上……

……

五月四日。

午餐是东川做的。

第二个走进厨房的是桥本夏木。

"东川，辛苦你了！"

东川笑了："最累的是良子小姐，其次是平次，然后是你，我是最轻松的。"

"真是不好意思！"广末良子是第三个走进厨房的。

"良子小姐……"

"夏老师，请您把厨房交给我吧！"

……

吃过午饭后，广末良子盯着窗外的小花园说道："夏老师，我想请您再帮我个忙，我可以把这里所有的一切都送给您作为感谢。"

广末良子没有急着去挖开那丛玫瑰，不仅证明了自己沉得住气，而且也是在为以后想要做的事情做准备。如果挖开那丛玫瑰，发现了广末久长的尸体，警方一定会立即介入。警方的介入对于牧野纯一而言不仅是打草惊蛇，而且还是一种保护。如果牧野纯一被害或消失，广末良子的嫌疑一定是最大的。

东川完全能想到广末良子请自己帮忙的内容，轻轻摇了摇头："良子小姐，您可以交给警方。其他的，请原谅，我无法帮您。"

广末良子转过身，看着东川说道："夏老师，我认真思考过，只要牧野纯一不认罪，警方……"

"良子小姐，如果我的推论是正确的，这一切之所以完美是因为广末久长先生是一位智者，是按照广末久长先生的策划完成的。田古泽西……"东川轻轻摇了摇头,"绝对不在完美之内"。

广末良子思忖了片刻,深深地鞠了一躬后说道:"夏老师,我请求您继续帮我寻找证据。我可以用任何方式酬谢您。"

东川笑了:"良子小姐,我可以帮您继续寻找证据。但是,酬谢请不要再提起了,就算是我的条件。良子小姐,您可以选择的!"

"夏老师……"

桥本夏木急忙说道:"广末老师,这是夏老师的做人原则,请您尊重。"

广末良子又深深地鞠了一躬:"夏老师,拜托您了!"

东川看着端木平次笑着说道:"平次侦探,你的调查任务好像还没有完成。"

端木平次相信东川。如果挖开小花园里的那丛玫瑰,一定能找到广末久长的尸体。同时,自己的调查任务也就结束了。如果去调查田古泽西,就能延长东川在日本停留的时间,融聚友情的时间也会更长。他开心地笑着说道:"东川老师,田古泽西的确是一条非常重要的线索。"

桥本夏木在心里也希望延长东川在日本停留的时间,也完全能猜中广末良子想要亲手为父亲报仇的想法,更清楚在调查田古泽西的过程中可以做和能做的事情。

他笑着对广末良子说道:"广末老师,我有一个请求。"

"桥本老师,您请说。"

"广末老师，请允许我们住在这里，一直到夏老师离开日本，可以吗？"

"桥本老师，您三位能住在这里是我的荣幸！"

……

端木平次具备的各种能力毋庸置疑。东川仅仅提出了五点建议：

第一，广末良子再去一次牧野设计，直接告知牧野纯一正在用设计资料核对工程，核对无误后会尽快支付剩余的尾款；

第二，暗中追查一下那四张古董资料卡片上对应的四件古董；

第三，正面接触大川明进，尽最大可能缠住他，通过大川明进向牧野纯一施加压力；

第四，通知田古泽西的家人，让田古泽西的家人对质牧野纯一；

第五，小花园没有被挖掘，广末久长依然是失踪状态，出现在别人面前是惊喜，出现在牧野纯一面前绝对是恐怖。

第六，任何情况下都不能低估对手，一定要保护好自己。

……

傍晚，桥本夏木硬拉着东川去参加了吉田正三教授的宴请，过了午夜才被放行。

……

五月五日。

吉田正三教授一大清早就亲自驾车接走了桥本夏木和东川。

东川正式开启了名古屋之旅。

……

五月六日。

晚上八点多，送吉田正三教授离开后，端木平次才开始满怀喜悦地汇报两天的战果。

第一，广末良子去牧野设计没有见到牧野纯一，把核对工程的信息留给了接待人员；

第二，四张古董资料卡片上对应的四件古董，其中两件是八年前广末久长在拍卖会上一共花费了一亿五千五百万日元竞购的。另外两件古董在拍卖渠道查不到任何信息，专业人士给出的估价是至少不会低于四亿日元；

第三，简单接触后，端木平次判断大川明进是一个比较贪婪的人，就故意透露出了一点关于广末久长家的收藏品被替换成了赝品的信息。在大川明进的追问下，端木平次进一步引导的方向是那些收藏品很值钱，而且广末良子根本不知道被人替换过。大川明进已经在自己的能力范围内开始全力寻找了；

第四，田古泽西的父亲已经找过牧野纯一了。

认真听完讲述后，东川问道："平次，你推断大川明进会按照什么方向去寻找那些收藏品？"

"我推断他会把田古泽西作为寻找的方向。"

"牧野纯一已经为田古泽西的消失做了完美的铺垫，而且他是唯一的受害者。只要大川明进相信牧野纯一不知道收藏品的价值或是相信他不知道收藏品被替换了，你透露的信息就成了田古泽西让自己消失的唯一理由。"

端木平次点了点头。

"平次，你的寻找方向呢？"

"我也会把田古泽西作为寻找方向。"

"万一被发现了和牧野纯一完全没有关联，以后甚至会冒充田古泽西的身份去销售。"

端木平次再次点了点头。

东川轻轻地笑了："牧野纯一的本性是贪婪的，一个贪婪的人冒着巨大的风险，完美地占有之后，会把价值三亿日元的收藏品放在哪儿？如果再加上那四件古董，价值接近九亿日元，又会放在哪儿？"

端木平次对大川明进的推断是他以个人的思维层次对大川明进的分析，对牧野纯一的推断是他以牧野纯一的思维层次单一方向的分析，而东川的问题直接提高到了人的本性和全局的高度。

端木平次思考良久后，说道："我会放在表面上和我完全没有关联、但实际在我掌控之中，而且我还能随时合理地去检查安全的地方。"端木平次突然笑了，说道，"广末久长先生寻找自己的收藏品也是合理的。"

广末良子一直在旁边认真听着，忍不住问道：端木先生，表面上完全没有关联，但实际在掌控之中，而且还能随时合理地去检查安全的地方，这样的地方？"

"良子小姐，举个简单的例子。比如说有两个临近的仓库，一个是您的，一个是我的。我秘密租下了您的仓库。表面上您的仓库和我毫无关系，实际上是我在暗中使用，我每次去仓库的时候顺便就可以检查您的仓库的安全。"

广末良子笑了："没有您的解释，我是很难理解的。"

……

在端木平次详细讲述完已经实施的布控措施和方案后，东川又提出了四点建议：

第一，广末良子的核对工作应该结束了，支付完尾款后应该离开了；

第二，自己和桥本夏木继续住下，但是需要增加一些热闹氛围，去扰乱关注这里的人；

第三，要加强对大川明进的关注，因为每个人都有自己的能力和手段，一个贪婪的人很容易做出极端的事情；

第四，时时监视牧野纯一的行踪，压力之下让自己消失绝对是一个好办法。

……

广末良子带着失望的表情说道："夏老师，我……"

东川笑着说道："良子小姐，您的离开只是一个合理的告知行为，您随时都可以合理地回来。"

……

五月七日。

广末良子离开后不到半个小时，桥本夏木的两名学生就赶到了，陆续赶来的学生甚至引起了整条街道的关注。

桥本夏木在和学生们探讨学术之余，简略地讲述了一下正在发生的故事。完全在意料之中，十一名学生想要参与的热情根本无法阻挡。

东川知道桥本夏木是非常想直接参与调查的，正好借机建议桥本夏木直接带领学生们在暗中配合端木平次。

……

五月八日。

广末良子回来的时候，东川正准备做午饭。

下午四点二十三分，端木平次把四张古董资料卡片上对应的四件古董当面交给了广末良子。四件古董是在牧野设计地下停车场内的一辆奔驰车里找到的。

端木平次调查到的结果是：奔驰车的主人黑野石在半年前出国了，黑野石和牧野纯一是高中同学。

晚上八点三十三分，牧野纯一在地下停车场发动车子的瞬间看见了广末久长匆匆而过的身影……

晚上八点四十一分，牧野纯一驾车路过黑野石的奔驰车时停留了二十七秒钟。

……

大川明进虽然没有找到收藏品，但是通过其行为可以推断一定是找到了田古泽西已经被害的有力证据。

……

五月九日。

东川听桥本夏木的一名学生说距离名古屋市不远的地方有一处非常好的温泉。

吃过早饭后，坚持独自一人出发了。

温泉所在位置在一处小山坳里，天然而宁静。

正是东川喜欢的感觉。

……

下午三点零七分，大川明进在暗中四只眼睛的监视下，坐在货车里拨通了广末良子的电话：如果想要知道广末久长的下落，准备好一千万日元现金。

下午六点整，广末良子再次接到大川明进的电话的时候，故意用悲痛气愤的声音质问道："你已经从我父亲家里拿走了至少超过五千万日元的现金，为什么还要残忍地杀害我父亲，为什么还要贪婪地再要一千万才肯告知我父亲的下落？"

被监视中的大川明进直接被问蒙了，随即挂断了电话。

晚上九点零三分，牧野纯一在回家的路上又看到了广末久长匆匆而过的身影。

……

五月十日。

清晨，牧野纯一在晨跑的路上似乎看到了广末久长在暗中注视他的目光。

上午，大川明进去了牧野设计，和牧野纯一狠狠地吵了一架，是带着愤怒离开的。

……

五月十一日。

下午，东川一个人回到了名古屋市。

在东川离开的两天时间里，桥本夏木和自己的学生对牧野纯一完美地实施了多次心理攻击，对大川明进成功地进行了多次诱惑和方向指引。

听完桥本夏木的详细讲述后，东川推断牧野纯一已经接近了心理承受的极限、大川明进已经把诱惑看成是自己应该得到的。

……

五月十二日。

凌晨三点二十七分，牧野纯一悄悄地从自家的后门溜了出来……

几乎就在同一分钟内，一个神秘的电话叫醒了大川明进……

东川轻轻地叫醒了已经在沙发上睡着的广末良子。

凌晨三点四十三分，牧野纯一驾车进入了牧野设计的地下停车场。

由于牧野设计下面的地下停车场是几家公司共用的，环境比较简单，直接跟踪容易引起牧野纯一的警觉，端木平次只能在外面等着。

四点零七分，牧野纯一驾驶着黑野石的奔驰车离开了地下停车场。

四点十三分，大川明进驾驶着一辆家用轿车进入了端木平次的视线之内。

四点二十七分，牧野纯一在牧野设计的仓库旁边停下了车子。

牧野纯一表情紧张地确认没有人跟踪后，打开了临近的一个小仓库的门。

四点三十四分，大川明进驾驶着家用轿车直接冲到了小仓库的门前。

四点三十七分，小仓库里传出了三声枪响。

四点三十九分，牧野纯一左手捂着腹部、右手握着一支左轮手枪跟跟跄跄地走出了小仓库，在门口摔倒了，右手的左轮手枪跟着摔出了三四米远。

东川陪着广末良子走近了牧野纯一。

牧野纯一看见广末良子后，表情极其复杂地笑了笑，松开左手，露出了被深深插进腹部的匕首的手柄。

广末良子冷静地问道："我父亲在哪里？"

牧野纯一虚弱地回答道："和你母亲在一起。"

"他……"

"广末久长先生走得非常安祥，丝毫没有痛苦，一切都是我完全按照他的设计去完成的。"

广末良子突然做出了一个下蹲并伸出右手的动作。

东川一把揽住了她，从口袋里掏出手帕递给广末良子。

牧野纯一也明白了广末良子想要做的事情，缓缓地说道："我恳请您一件事情……"

广末良子展开了手帕，静静地等着。

"我拿走的大部分收藏品都在名古屋购物中心 1172 号、1173 号储物柜里，钥匙就在我左边的口袋里，还有小部分是田古泽西保存的，大川明进已经找到了……还有四件古董我放在了奔驰车里，被偷了。我拿走的现金和两张支票都在名古屋银行四十八号密码保险箱里，密码是 7727736"牧野纯一停顿了一下，继续说道："……我恳请您不要公开这件事情"

说完，牧野纯一用尽全身力气拔出了匕首，鲜血瞬间喷涌而出……

东川小心地从牧野纯一左边的口袋里摸出了两把毫无标记的钥匙后，立即拉着广末良子离开了。

……

广末良子坚决让端木平次收下了一亿日元的委托酬谢金。

东川坚决拒绝了广末良子的金钱酬谢。

最后，广末良子非常认真地问道："夏老师，我能有幸成为您的朋友吗？"

"良子小姐，我们已经是好朋友了！"

广末良子笑了："东川老师，作为朋友，我邀请您在日本再多停留几天，您没有理由拒绝吧？"

桥本夏木笑了！

端木平次也笑了！

东川也只能苦笑了！

……

书中的旅游

农历初八。

图书馆突然收到一大包匿名捐赠的图书，全部都是新书，东川负责把这些图书登记上架。其中一本《心的旅行》吸引了东川，某知名出版社刚刚出版发行的新书，作者是佚名，扉页上写着两行字，第一行是：等待……；第二行是：期待……工工整整的仿宋字体。

吃过晚饭后，东川认真读起了《心的旅行》。

书中描写了一个很美的地方，三面环山一面临水。作者以游记的方式记录了五个能让人在记忆中留下痕迹的场景：一口古井边回忆着孩提时的嬉戏；山中一处清泉可小憩可品茶；一条峡谷中落英缤纷；小城里八卦形街路的每一个角落都隐藏着让人垂涎的美食；最后是一家靠山临水的民宿。

东川读后的感觉是作者故意避开了华丽、精致的词语，全部是用朴实无华、平平淡淡的词语去描写、去形容。哪怕是内心的感觉，早已心驰神往，却依旧表现得平淡如水，甚至让东川感觉是在刻意压制着情感，而又想去表达无限的激情。

最后作者引用了一句诗：你见，或者不见我，我就在那里，不悲不喜。

东川轻轻地合上书，默默背诵起了那首诗的全文：你见，或者不见我，我就在那里，不悲不喜；你念，或者不念我，情就在那里，不来不去；你爱，或者不爱我，爱就在那里，不增不减；你跟，或者不跟我，我的手就在你手里，不舍不弃；来我的怀里，或者，让我住进你的心里，默然相爱，寂静欢喜。

默背完第二遍，东川突然明白了：如果以这首诗为背景、为心情去理解作者，那就是以恋人的目光去欣赏那五个场景，用最普通的语言在表达美的最高境界——意象之美。

究竟是什么样的美呢？

东川闭上眼睛去想象：

一口古井，大大圆圆的井口，厚厚的青石板上刻着岁月的痕迹，一桶桶清甜的井水在欢声笑语中被提起，挑回家或就在井边清洗或去冲洗掉顽童小脚上的污泥……

沿着绿荫下的山路拾阶而上，空气可以闷热一点，山路也可以湿滑一点，最妙的是再出一点汗，清洌的山泉旁最好有几个石凳，就用手去捧起泉水直饮，还可以用泉水去烹煮一杯清茶……

青山背后隐藏着一条峡谷，繁花点缀，外人知道的很少，却是本地人上山劳作的一条必经之路，满载而归虽无意赏景，一路却收获了好心情……

东川熟读《易经》也略懂八卦图，如果真的是八卦形布局的街道，那极少会出现堵车的现象，街道就是一景，如果在角落还隐藏着美食，那真的是太妙了……

山水相逢处，朝阳可看山，夕阳可望水，清风掠水早，山风入林晚……

农历初九。

东川到单位后第一件事情就是在网络上查找书中描写的那座南方小城，能想到的搜索条件全部试过了，一无所获。东川开始查阅地理资料，按照推测的地理方位从省到市到县再到乡镇，最后查到村，终于找到了一个在地理位置符合书中描述的村落——青梅镇。

查阅了相关历史资料得知，青梅镇在明清时期曾经是军队驻扎的重镇，二十世纪九十年代初期被并入花溪镇，因交通不便，几乎是被人遗忘的世外桃源。

吃过晚饭后，东川又通读了一遍《心的旅行》，又发现了很多引发自己思考的地方。青梅镇盛产青梅，但是作者在书中完全没有提及，而且似乎是在有意回避，是不想让读者知道青梅镇吗？文中有很多地方都能体现出作者暗示的等待和期待，再加上扉页上的两行字，作者在等待什么，又在期待什么？作者最后的引用"你见，或者不见我，我就在那里，不悲不喜"中的"我"是青梅镇还是作者本人？通观全文，没有一个地名，也没有一个人名，却可以让你知道是在哪里，知道那是谁。没有相当高度的文学造诣，绝对做不到。如果自己不是在图书馆工作，找到青梅镇的可能性极低。青梅镇是作者心中的圣地吗，既想去赞美又不想让人去打扰吗？

东川决定去青梅镇看一看。

农历初十。

吃过早饭，东川向父母请假外出。

这是东川多年来第一次没有人找，完全是为了自己的外出。

东川妈妈借机说道："川儿，你正好可以去看看朋友们，最好是再认识一些新朋友。"

"妈，如果时间允许的话，我会去的。"

……

到单位之后，东川向老馆长申请了年假。

老馆长签完字之后，语重心长地说道："东川，我还有不到两年的时间就退休了。"

东川笑了："那不是还有近两年的时间吗？"

"主管的县领导和局长找我谈过好几次了。"

"馆长，我是真的没有承担重任的能力。"

老馆长的眼睛一瞪："你少扯淡，休假回来之后必须给我一个明确的态度。"

……

农历十二。

经过两次中转，第三次登上的列车是连工区都停靠的慢车。一路逢车必让，这倒给了东川足够的时间去欣赏沿途的风景：那是一种宁静的美，除了必要的生活所需，绝对没有多余的人工去打扰自然；那是一种原貌的美，田埂、池塘、道路、村落都顺地势而成，道路就是道路的样子，田埂就是田埂的样子，池塘就是池塘的样子，村落就是村落的样子，可以小，可以旧，可以弯曲，可以散落，但是没有荒杂，没有污浊，没有残缺，没有凌乱；那是一种净化的美，大自然净化了人类生存的痕迹，人类净化了大自然岁月的枯荣。

陆续上车的乘客越来越质朴，这列火车就是当地村镇与县城之间的公共交通工具。

下午，列车在花溪镇停靠的时候，一个瘦弱的大约十五六岁的女孩背着一个大书包，还提着一个很大的袋子，吃力地登上了列车。东川正好坐在门口的位置，顺手帮着女孩把大袋子放在了行李架上。

"谢谢叔叔！"

"不客气。"

女孩坐在了东川对面的空座上。

"是放学回家吗？"

女孩略带着一点防范心理，微笑着说道："是。"

"初中还是高中？"

"高中一年级。"

火车运行前方的下一站就是青梅镇，而且青梅镇是在花溪镇行政范围内的最后一站。

东川问道："家住在青梅镇吗？"

"嗯。"

"太巧了，我也去青梅镇。"

女孩的防范心理被打破了一些，问道："叔叔，您是去走访亲戚吗？"

东川笑着摇了摇头，拿起《心的旅行》说道："这本书中描写了一个非常美丽的地方，三面环山一面临水，我找了很多资料，发现青梅镇的地理位置符合书中的描述。"

"啊！"

"算是一次探索旅行。"

"哈哈！"女孩的防范心理又被打破了一点点，认真打量起了东川，"叔叔您……"

东川笑着打断了女孩，问道："我看起来老吗？"

女孩掩着嘴笑了。

"我叫夏东川，我在秋桐县图书馆工作。"东川把夹在书里当作书签的工作证递给了女孩。

女孩的防范心理完全被打破了："东川哥，我叫唐天骄，在花溪镇中学读书。"

"天骄，还有哥哥或弟弟叫天傲吗？"

"东川哥，你怎么猜到的？我哥哥叫唐天傲。"

"天骄、天傲合在一起就是你父母的骄傲。"

"哈哈，爸爸妈妈给哥哥和我起名字的时候就是这么想的。"

"天骄，你每周末都回家吗？"

"嗯，两天时间能干很多活儿。"

东川看着唐天骄瘦弱的身体，充满怜爱地说道："你真是个懂事的孩子！"

唐天骄带着一点伤感说道："哥哥去年就不上学了，哥哥学习很好的……他让我一直读下去。"

东川正思考着怎么才能帮助一下唐天骄。

"东川哥,青梅镇的每一个角落我哥哥都熟悉,可以让我哥哥带你好好探索一下。"

"天骄妹妹,那太感谢了!"

唐天骄带着几分顽皮说道:"有朋自远方来,不亦说乎。"

……

在青梅镇站下车后,唐天骄坚持要自己提着大袋子。

东川摊开空空的双手说道:"你叫我哥哥,你一个人背着书包再提着大袋子,那我这个哥哥是不是有欺负你这个妹妹的嫌疑?"

"哈哈,东川哥,要翻过这座山,山路很难走的。"

"我家附近也有山,而且我几乎每天都会去爬山的。"

……

一路上,唐天骄如数家珍地给东川讲着关于青梅镇的故事。

登上山顶的时候,东川已经微微见汗了,空气有些闷热,山路也刚好有一些湿滑,头顶是如织的绿荫,这正是东川最喜欢的感觉,一种舒泰的笑容在他的心里和脸上同时绽开了。

唐天骄无意间看见东川脸上的笑容,问道:"东川哥,你笑什么?"

"我喜欢山林中的这种感觉,更美妙的是还能一路听着很多有趣的故事。"

"哈哈……"

……

到了唐天骄家的门口，东川放下大袋子说道："天骄妹妹，谢谢你领我来青梅镇。"

"东川哥，是你帮我提了一路袋子，我应该感谢你才对。"

唐骄娇说完冲着院子里大声喊道："哥哥，哥哥，我回来了！"

"小妹……"

一个十七八岁的男孩追着声音从院子里冲了出来，看见东川停顿了一下。

"哥哥，这位是东川哥，是我在火车上认识的，因为一本书来青梅镇探索旅游，帮我提了一路袋子。"

东川友好地说道："天傲，你好。"

"啊，东川哥你好。"

"天傲，你妹妹说你熟悉青梅镇的每一个角落，我可以请你做向导吗？"

"这个……"

东川笑着说道："天傲，你可以慢慢考虑，我明早来找你。天骄妹妹，再见！"

唐天骄急忙说道："东川哥，留在我家吃晚饭好吗？"

"天骄妹妹，谢谢你的邀请，但是我想去镇子里转转。"

唐天傲一把抓住东川的左手："东川哥，你就留下吧。"

"天傲，我是真不好意思打扰你们，而且书中说有很多美食藏在角落里，我想去找一找。"

唐天傲笑了："东川哥，我熟悉青梅镇的每一个角落，当然也知道美食藏在哪儿。"

"你答应做我的向导。"

"你留下吃晚饭。"

......

唐天骄的父母都是厚道的农民，对待东川就像是对待家里来的贵客，真诚热情中略显得有些拘谨。

晚饭就是为在外苦读的女儿准备的家常饭，但是对东川而言就是一顿盛宴：见手青、鸡枞等难得一见的山中珍品，简单地清炒、煮汤，把食材的本味发挥到了极致。

到达青梅镇的第一天，东川的探索之旅就有了满满的收获。书中引发自己想象的，也是自己最喜欢的登山感觉体验过了，最新鲜的食材，最自然的味道，而且还是在最质朴的环境中品尝到的。

晚饭过后，东川拒绝了一家人的真诚挽留。

出了唐家的门，东川就近选择，沿着一条西北至东南贯通的主路漫步。一路上，唐天傲默默地跟在东川身后。

八卦形的街路在书中已经有了刻画。东川一路走一路欣赏，大大小小石块铺成的道路虽略有起伏凹凸，但是干净整洁。两侧成排的房屋都是呈梯形顺着地势错落有致，石墙、木窗、青瓦，是东川心中最舒坦的画面。路遇的行人不是慈眉善目就是友好微笑，偶尔一只黄狗吐着舌头嗅嗅，旋即撒欢儿而去，这是东川心中最温暖的画面。

路的尽头，是青梅镇的中心位置，一口直径超过两米的古井正荡漾着碧波，井口四周的青石板地面被冲洗得干干净净，唯一不协调的就是偶尔有一两只塑料水桶颤悠悠地离去。以古井为中心，二十余步之外，在正东、正南、正西、正北、东南、东北、西南、西北八个方位上都矗立着一面巨大的青石壁，每两面青石壁之间就是贯通的主路。南偏西、南偏东、东偏南、东偏北、北偏东、北偏西、西偏北、西偏南八个方向八条主路边都有随之延伸的石槽，为溢洒的井水指明了奔流的方向。

东川在正南的青石壁前坐下，唐天傲在两步之外也跟着坐下了。

一个六七岁的顽童跟着妈妈来到古井边，妈妈提了大半桶井水拉着顽童走到远处，先掬一捧清凉的井水洗去顽童脸上的汗水，再洗干净他的小手、手臂、小腿，最后冲干净一双绿色的塑料凉鞋。顽童静静地等着妈妈去古井边提满了两桶水，在夕阳的余晖中跟在妈妈身后踮着脚尖一跳一跳地走了。

……

华灯初上，东川围着青石壁外侧最小的一个正八边形环路转了大半圈，看见路的远方有一盏轻轻飘摇的明灯，便慢慢走过去。

是一家客栈——青梅小居。

东川笑着问唐天傲："天傲，这里怎么样？"

唐天傲看着东川带着几分疑惑问道："东川哥，你真的是第一次来青梅镇吗？"

东川轻轻地点了点头。

"但是……你给我的感觉就好像在青梅镇住了好多年一样。

从我家出来，直接沿着西北东南路走到古井，然后……"唐天傲指了指青梅小居继续说道，"这是镇里最古老、最完整的建筑之一。"

东川笑了："天傲，书中有对青梅镇的描写，比如说八卦形的街道，如果是真的那就应该符合八卦的图形。"东川看了看青梅小居，继续说道，"对外营业的场所，理应亮起灯光的。"

"就这么简单？"

"我是来探索旅行的，吃得饱饱的，还有你陪着，放松了心情就显得自在了。"

唐天傲想了想，笑着说道："东川哥，你完全不需要向导。"

"恰恰需要。"

"为什么？"

东川笑着说道："我可以找到青梅小居，但是要住过以后才知道好坏。"

唐天傲开心地笑了。

……

青梅小居是意外的惊喜。

住在历经两百多年岁月洗礼依旧保持原貌的房子里，对东川而言就是穿越的感觉。房间里温凉而宁静，让东川第一次感到对黑夜的眷恋。

……

农历十三。

清晨，东川在青梅小居的门口刚喝完一碗豆腐菜粥就看见了唐天傲的笑脸。

"天傲早，吃过早饭了吗？"

"吃过了，东川哥，昨晚睡得好吗？"

"简直比在家里睡得还好！"

唐天傲开心地笑了："东川哥，我和天骄要上山去采菌子。"

既然是探索之旅，东川就想一个人慢慢地去发现。昨天说要请唐天傲做向导的时候，其本意是不想白吃人家的饭，想在离开青梅镇的时候给唐天傲留下一点钱做铺垫。

东川故意想了想，说道："我今天想在镇里转转，晚上我们再见面好吗？"

唐天傲似乎有一点点失望："东川哥，那我下午回来找你。"

……

昨天已经翻越了一座山，东川决定去翻第二座山。

东川顺路核实了一下以古井为中心的正八边形环路：一共有八条，每条之间都是平行等宽的。只要方向正确就不会迷路，去任何地方都不用走回头路。东川在心中笑道：北京才七环，而青梅小镇有八环。

在山脚下，一位慈眉善目的长者背着一只很大的竹篓，双手还各提着一只竹篮，正坐在路边的石头上休息。

"老人家，我是上山游玩，能帮您背一下竹篓吗？"

"后生多谢你了，竹篓很沉的，我已经习惯了。"

"老人家，我没背过竹篓，能让我体验一下吗？"

"哈哈，你这个后生啊，想帮我背竹篓还说得这么客气。"

"老人家，我是真没背过。"

东川半抢过竹篓背在了背上，感觉至少有四五十斤重。

"后生，你叫什么名字？"

"老人家，我姓夏，我叫夏东川。"

"夏东川，好名字。"

"老人家，能请教您贵姓吗？"

"我姓诸葛，复字连城。"

东川笑着问道："老人家，您是诸葛亮的后人吗？"

"哈哈哈，和诸葛亮完全没有关系，只是同姓而已。很多现代人喜欢拉古人贴金，惨了古人了。在诸葛亮之孙诸葛京之后再无史料记载，可能是后人再无佼佼者，也可能……"诸葛连城叹了口气继续说道，"君王一怒，满门抄斩、株连九族，在历史上甚至找不出嫡宗相传超过十代的。"

"您祖上呢？"

"我祖父中过举人，也就是相当于今天的大学生。"

"老人家，今天真是有幸认识您。"

诸葛连城轻轻地摇了摇头，说道："像你这样礼貌的后生太少了。"

"像您这样的老人家更少！"

"哈哈哈……"诸葛连城爽朗地笑过之后说道："你不要叫我老人家了，你叫我……"

东川抢了一句问道："青梅诸葛怎么样？"

"青梅诸葛？好！"

"我来自秋桐，您叫我秋桐东川。"

"哈哈哈……"

……

一路上只有东川和诸葛连城。谈笑间，诸葛连城深厚的家学让东川钦佩，东川的博学也让诸葛连城赞叹不已。

快到山顶的茶园是诸葛连城家的祖产，处于半原始半人工的状态，一座简易的木屋算是半人工的标志。

一上午采茶的劳作是在诸葛连城的兴奋和东川的笑容中完成的。

吃过简单的午饭，诸葛连城说道："秋桐东川，走，我带你去山中品茶。"

……

清冽的山泉边不但有两个石凳，还有一张石桌。

诸葛连城从竹篮里拿出一只陶罐和两只粗碗放在桌上，问道："怎么样？"

"我来生火。"

东川捡了两块大石头，又找来一块石板架在上面，在石板下面生起了火。

诸葛连城用陶罐接了泉水，扔进一把自家的茶叶，放在了石板上。

不到十分钟，陶罐内泉水如鱼目翻滚，茶香飘散。

东川摘了几片树叶垫着拿起陶罐，倒满了两只粗碗。

他没有谦让诸葛连城，双手慢慢地捧起粗碗，慢慢地闭上双眼用嗅觉去寻找。入口，粗犷而醇厚；入喉，淡淡的回甘。一碗粗茶竟然浓缩了自然的真味。

"有趣！"诸葛连城端起粗碗后就不再说话了，碗中有茶就喝，没茶就闭目养神，等着。

东川倒茶、煮茶……

喝下最后一碗茶，诸葛连城笑着说道："舒坦！"

……

东川回到青梅小居的时候，唐天骄已经等了一会儿了。

"东川哥，你今天去哪儿探索了？"

"我去了镇子西边的山，认识了一位老人家，诸葛连城。"

"啊？"

"怎么了？"

"知识渊博的老学究，脾气有一点点怪。"

东川笑了笑，问道："天骄妹妹，我邀请你和天傲吃晚饭好不好？"

"东川哥，你邀请晚了，我哥哥下午去捕了鱼，我是来请你去我家吃鱼的。"

"天骄妹妹，我怎么好意思再去打扰呢，还是让我请你和天傲吃晚饭吧。"

唐天骄笑了："妈妈还杀了一只鸡。"

东川无话可说了，这是一家人的真诚邀请。

……

吃过晚饭，东川算是逃离唐家的。因为一家人的真诚已经让东川产生了莫大的压力，而且还有难以品尝到的自然真味。

唐天傲还是一路默默地跟着。

东川突然想到了一个问题："天傲，你和妹妹今天采了很多菌子吗？"

"有两大竹篓，送了一些给邻居，剩下的都在用炭火慢慢烤着呢。"

"用炭火慢慢烤？"

唐天傲有些不好意思地说道："是我自己研究用炭火慢慢烤的。新鲜的菌子要是自然晒干，容易生虫子，晒干后还会有一些杂味。用炭火慢慢烤干的菌子没有任何杂味，再吃的时候香味也特别浓，外形保存得也完整一些。"

"天傲，你能帮我个忙吗？"

"东川哥，我能帮你什么忙？"

"我有一个朋友非常喜欢吃山中的菌子，你采摘的那些菌子他是很难买到的。"

唐天傲想了想，说道："东川哥，有时我也会去镇上和县里去卖一些，十几元钱一斤都很难卖的。在县城的大超市里，好多漂亮的菌子才几元钱一斤……"

东川笑了："天傲，我让他来青梅镇找你，他会告诉你真正的价值。"

唐天傲咬了咬嘴唇说道："东川哥，谢谢你！"

东川当着唐天傲的面开机，拨通了张天杰的电话。

"张天杰，我是夏东川，还记得我吗？"

"啊，东川叔，我这辈子是不可能忘记您的!"

"张天杰，我找到一个好地方，见手青、鸡枞，等等，我评价是自然的真味。"

"啊! 东川叔您在哪里? 我现在就出发去找您。"

东川笑着说道："张天杰，实在不好意思，我不想让你找到我。"

"我完全明白。东川叔，我最近很烦，有好吃的会让我忘掉一些烦恼。"

"绝美的地方!"

"那我会把烦恼全部忘掉的。"

"青浦县，花溪镇。我让我弟弟唐天傲联系你，他会照顾好你的。"

"东川叔，真的，我这两天一直在犹豫是给您打电话还是直接去找您。"

"幸好你没给我打电话，我最近几天关机了。"

……

东川掏出纸笔写下张天杰的电话，交给唐天傲，笑着说道："张天杰很快就会来，你去花溪镇接他，不要让他见到我。"

唐天傲点了点头，认真地说道："东川哥，你放心吧!"

东川叹了口气说道："青梅小居让给他住吧!"

唐天傲笑着说道："东川哥，还有一个好地方……"

东川急忙摆了摆手阻止唐天傲说道："明天我自己去找，你再去找我。"

……

唐天傲离开之后，东川抬头看见即将满轮的明月，一股莫名的喜悦涌上心头，沿着南偏西的方向信步漫游，不知不觉中走近了古井。

明月当空，井底沉璧。

此时举杯邀明月是不是对影成四人？

东川无意中发现在正南石壁前的月影下有一条淡淡的荧光。走近，是一行大约十厘米见方、工工整整的手写仿宋字：你念，或者不念我，情就在那里，不来不去；

东川从背包里拿出《心的旅行》翻开，对比后基本可以判断扉页上的"等待、期待"四个字和"你念，或者不念我，情就在那里，不来不去"是出自同一人之手。

东川立即展开搜索，不仅在另外七处月影下找到了同样散发着淡淡荧光的诗句，而且在好多明显的位置还发现了用黑色墨水书写的诗句。

五个场景对应着五句诗吗？

竟然是一次奇妙的探索之旅！

东川发自内心舒心地笑了。

……

回到青梅小居，东川认真搜索了一遍，没有任何发现。

回到房间后，东川重新梳理了一下思路：来青梅镇的人沿着任何一条主路走都能找到古井，在古井边留下第二句诗最容易让人发现，也最容易让读过《心的旅行》的人去联想、去寻找下一个场景和下一句诗。昨天在古井边，是自己没发现还是诗句还没写在那里？

……

农历十四。

清早，东川离开青梅小居，沿着最近的四环路一路走一路寻找，每发现一处小摊就少吃一点，用有限的容量去品尝更多的美食。

四环路结束，进入五环路，吃到饱也没有发现第三句诗，东川探索的兴趣更浓了。

在六环路与南偏西路交会处一家刚刚开门的豆腐包子铺前的台阶上，东川发现了第二句诗，是用黑色墨水写在地面上的：你念，或者不念我，情就在那里，不来不去。

东川已经吃饱了，还是忍不住买了两个豆腐包子——豆腐的两面被油煎得金黄，中间夹的肉馅鲜香无比。

一阵微风吹过，在包子铺门前那根用来挂塑料袋的柱子上随风飘扬起一小块被红色细绳系着的类似标签的东西。东川走过去抓住，是一小块长方形的不干胶贴，上面是手写的仿宋字：你念，或者不念我，情就在那里，不来不去。

东川从背包里拿出《心的旅行》，揭下不干胶贴粘在了最后一页。

这是打卡的方式吗？古井边也有吗？

东川立即顺着路找到古井，明媚的阳光之下"你念，或者不念我，情就在那里，不来不去"的诗句几乎随处可见。仔细转了一圈，东川至少找到了七个飘扬或垂挂的不干胶贴，上面都是相同的诗句。

五句诗对应的是五个场景，因为书中已经有一句了。那剩余的三句诗呢？山上会有吗？

东川决定先去没去过的南面的山上寻找。

……

一路上，时有上山劳作的人擦肩而过。

半山腰有一座可以歇脚的亭子，亭子的对面挂着一条窄窄的瀑布。在远处就可以看见亭子的栏杆上系着好多根缀着不干胶贴的红绳。

走近亭子，东川找到了第三句诗：你爱，或者不爱我，爱就在那里，不增不减。他随手揭下一张不干胶贴粘在了《心的旅行》的最后一页上。

亭子里的石桌上放着一大一小两只陶罐和一摞粗碗，小陶罐里装满了茶叶。

东川想起了昨天下午与诸葛连城喝茶的情景，一时兴起沿着溪流精心挑选了两块长条形的大石头和一块很漂亮的石板，就在瀑布边搭起灶生了火。

路过的人都停下了脚步。

茶香飘散时，驻足观看的人们笑了。

一碗粗茶平分了喜悦，又带着各自的回味去忙碌了。

……

东川清洗好陶罐、粗碗之后，带着能找到第四句诗的希望开启了寻找峡谷的历程。

他们继续沿山路而上，大约在山高三分之二的位置山路环山而转，前行约百米后山路一分为四。左侧的三条小路略陡，分向不同方向蜿蜒下山，每一步台阶无论是石板还是沙土都比较光滑，东川根据所遇行人和其携带的工具判断三条小路应该是通向山下的良田。最右侧的小路环绕缓降，只能看出是一条路。

东川毫不犹豫地选择了最右侧的小路，渐行渐陡，最终消失在一条潺潺流淌的小溪里。掬一捧溪水喝下，清洌甘甜；再掬一捧溪水，洗去满脸的汗水。

稍事休息，东川脱下鞋子，光着脚丫迈进溪水里，沁人的清凉从脚心一路上传到头顶，那简直是一种用语言无法形容的舒坦。

良久，东川才舍得睁开双眼，沿着溪流玩耍着前进。头顶是绿荫织盖，分不清方向，也记不得走了多远。

溪流渐渐变宽，就像是轻轻地漫过，最后在一片鲜嫩茂盛的草地边缘消失了。

东川惊呆了：鲜嫩茂盛娇柔的小草织成了一条沿着两侧参天大树向远方延伸的绿毯，上面点缀着时而一朵时而一簇、颜色鲜艳、大小不一、高矮不同、不知名的花朵，从空中洒落的片片光斑时而轻轻闪动，就好像是落在绿毯上变成了花朵，瞬间又调皮地消失……

那是一种让人舍不得眨眼的美！

良久，东川才回过神来，迈左脚，舍不得；迈右脚，也舍不得。他恨不得自己能变成一只蝴蝶，可以不伤害一株小草，去穿行，去欣赏。

最后，东川放下手中的鞋子，摘下背包，小心翼翼地踏上了绿毯，每一步，都欣赏够；每一步，都感觉够；每一步，都观察够。

找到第四句诗，揭下不干胶贴后，东川带着无限的留恋，按照原来的脚印退了回去。

……

回到青梅镇，东川按照顺时针方向直接沿着八环路寻找住处。

在八环路与北偏东路的交会处，一块古旧的匾额上"青梅驿"三个大字依稀可见。他走进青梅驿，一米多高、两米多长、暗红色的实木柜台坚定了东川的选择。

房间里的淋浴和抽水马桶虽然有些不协调，但是很方便。

冲完凉，东川换了一身速干的衣裤、戴上一顶渔夫帽，出门开始寻找美食和第五句诗。一路走，一路寻找，真的如书中描写的，几乎每条环路与主路的交会处都有摊位或店铺级的特色美食，而且每一种都能让东川满意。

东川提前回到青梅驿的时候，唐天傲正在大门口等着。

"天傲。"

"啊！"

"衣服是正常换洗的，帽子是用来伪装的。"

唐天傲笑了笑，说道："东川哥，张天杰是一个人来的，在家吃的晚饭,已经住进青梅小居了,他高兴得就像个孩子……"

"天傲，辛苦你了！"

"东川哥，他给出的价格实在太高了，而且我能采多少菌子他就要多少。"

东川看着唐天傲说道："天傲，天骄说你学习很好的。"

唐天傲犹豫了片刻，说道："东川哥，爸爸妈妈也不想把菌子卖给张天杰。"

"他给的价格太高了？"

唐天傲点了点头："东川哥，根本不值那么多钱！"

"天傲，估算一下你和天骄上学每年需要的全部费用，再估算一下你利用假期能采摘、处理多少菌子,计算出一个价格。"东川轻轻地笑着问道，"也要给张天杰一个讲价的机会，是不是？"

"东川哥，我知道这是对我好……"

东川轻轻地揽过唐天傲的肩头，语重心长地说道："天傲，这是一个机会，你以后要承担起保护青梅镇的重任。"

唐天傲努力控制着泪水，重重地点了点头。

"你采摘的菌子在张天杰的眼中不仅仅是美味，还有你的真诚，还有他对你的信任。"

"东川哥，我会把你的话永远记在心里。"

……

唐天傲离开后，东川沿着北偏东路径直走向了古井。

在古井四周的暗处竟然多出了好多正散发着淡淡荧光的相同诗句：你见，或者不见我，我就在那里，不悲不喜。

东川凝立在古井边思考着，写下诗句的人是作者吗？如果是想吸引人来青梅镇，为什么不描写得更加吸引人呢？增加诗句就是增加了被人发现的概率，那为什么不在一开始就多写一些呢？书中描写的五个场景，只剩下一家靠山临水的民宿，第五句诗会在那里吗？什么样的民宿能比肩古井，甚至是山中溪谷呢？

古井中微微荡漾着的几乎满轮的明月给了东川一个思考的方向：是不是写下诗句的人希望有人能在月满之前找全五个场景？不干胶贴就是打卡的证明，突然增加出来的诗句也许是写下诗句的人有意降低了寻找的难度。那最后一个场景的周围是不是也增加了诗句？

想到这儿，东川立即从一环路开始，以正南方向的石壁为起点，沿着顺时针的方向一路寻找。

一环路与东偏北路交会处发现了散发着荧光的第二句诗，

二环路与北偏东路交会处发现了散发着荧光的第二句诗，

三环路与北偏西路交会处发现了散发着荧光的第二句诗，

四环路与西偏北路交会处发现了散发着荧光的第二句诗，

五环路与西偏南路交会处发现了散发着荧光的第二句诗，

六环路与南偏西路交会处发现了散发着荧光的第二句诗，

七环路与南偏东路交会处发现了散发着荧光的第二句诗。

路过青梅驿的时候，东川有些兴奋了。

因为早上是从南偏东方向离开的青梅镇，回来的时候也是从南偏东方向进入的青梅镇，也是沿着顺时针方向找到的青梅驿，从南偏东顺时针到北偏东正好是二百二十五度角。

按照一路上散发着荧光的第二句诗的位置的变化规则，在八环路与东偏南路交会处应该还有散发着荧光的诗句，会不会是第五句诗呢？

东川放慢了脚步……

远远看见十几行淡淡的荧光，但是感觉每行荧光的长度好像都长了一些。

第五句诗"来我的怀里，或者，让我住进你的心里，默然相爱，寂静欢喜"，也比第二句诗"你念，或者不念我，情就在那里，不来不去"长一些。

东川慢慢走近，每行都是大约十厘米见方、工工整整的手写仿宋字：来我的怀里，或者，让我住进你的心里，默然相爱，寂静欢喜。

静立几秒之后，东川继续沿着顺时针方向向前走了几步，忽然想到：

深夜突访绝对不是礼貌的行为。明晚才是月圆之夜，明天还有一整天的探索时间。

……

农历十五。

东川起得晚了一些。

唐天傲已经等在门口了。

"东川哥!"

"天傲,早。"

"东川哥,我昨晚计算好了。"

东川轻轻点了点头。

"如果我和妹妹一起采菌子……新鲜菌子不容易保存,全部用炭火慢慢烤干,大约能收获六七十斤。我和妹妹一起读高中每年全部的费用……将近一万元……"

感动和酸楚同时涌上了东川的心头:"天傲,你相信东川哥哥吗?"

唐天傲用力地点了点头。

"天傲,把我对你说过的话、你的计算方法和你考虑的各种因素全部对张天杰说。"

"嗯!"

"天傲,最近一段时间青梅镇有什么传统活动或是有特殊意义的日子吗?"

唐天傲想了想,问道:"东川哥,采摘青梅算吗?"

"还有其他的吗?"

唐天傲轻轻摇了摇头。

"那你最近有没有发现一些奇怪的事情?"

唐天傲突然笑了:"东川哥,你是不是在镇里的很多地方发现了一些诗句?"

"是!"

"嗯,怎么说呢,青梅镇有很多位像诸葛连城一样学识渊博的人，他们偶尔会做出一些有趣的事情，也是他们在坚守着青梅镇的天然和纯真。"

东川笑了，一切都合理了：像诸葛连城一样学识渊博的人了解青梅镇的每一个角落，有能力写出《心的旅行》，有时间正大光明地去书写那些诗句，更有开这种高度的玩笑的雅兴，甚至有可能不是一个人的行为。

"东川哥……"

"天傲，你快去找张天杰吧，带他玩个够。"

……

东川沿着逆时针方向一路完全凭着感觉前进，遇见美食就买一些，在不知不觉中走到了八环路与东偏南路的交会处：昨晚发现的那十几行第五句诗只是等距排列的队首，后面是用黑色墨水书写的同样诗句，一路向偏东方向蜿蜒至一面南北走向、约二十几米高、突兀的弧形石壁下。石壁足有百米长，北端衔接着连绵起伏的山脚，南端衔接起伏的丘陵。沿着石壁仔细搜索，在搜索范围内没有发现写着诗句的不干胶贴。

东川判断在石壁的东侧一定会有自己寻找的答案。退回八环路与东偏南路的交会处，沿着东偏南方向寻找，一直走到湖边也没有发现通向石壁东侧的路。

湖边地势开阔平坦，湖面微浪如鳞，湖水清澈见底，就好像是镶嵌在东北与东南九十度角之间的一颗椭圆形宝石。

东川沿着湖边向东北方向搜索，直到被一面渐高的石壁阻挡，依然没有发现通向石壁东侧的路。

十几条小木船正随着微波起伏，但是东川不会划船，只能在湖边静静地等着。

出湖捕鱼的人们带着收获的喜悦上岸了，外出劳作的人们带着希望的笑容出发了，东川不忍心用自己的闲事去打扰质朴热情的人们，继续在湖边静静地等着。

七八个欢快的孩童出现了，脱掉背心和凉鞋直接跳进湖里，竞赛似的游出几十米后站在水中欢笑着……

东川发现几十米之外的湖水刚刚到达最矮孩童的腋下。

等孩童回到岸边，东川拦住其中的一个，指着东北方向问道："小弟弟你好，请问一下，那边的湖水也很浅吗？"

被问的孩童一边用小手指着东北和东南两处边界，一边说道："大哥哥，从那儿一直到那儿，这一大片湖水都很浅的，最深处没不过我。"孩童用手指着东川止步的石壁方向继续说道："那边儿你不要去，湖底全都是乱石。"

"小弟弟，谢谢你！"

"大哥哥，不客气！"

……

东川去找了根两米多长的干树枝作为保障，把背包挂在干树枝的顶端，一手拄着干树枝一手扶着石壁小心地迈进了湖水里，湖水从膝盖一点一点没过大腿后，湖底的乱石出现了，大大小小、奇形怪状，或平铺或成堆或成岭。

每一步都要寻找落脚点，每一步都要尽量不带动泥沙，每一步都要避开锋利的石边或石角，甚至还要预防石块的滑落。

当湖水及腰的时候，每一步更加艰难了。

大约五百多米的路程，东川足足走了一个小时十三分钟。

石壁上一道人字形的天然隧道让东川看到了希望：隧道里的水面宽度超过了十米，隧道顶部正中间是不足一米宽的一线天，一线天的顶部是绿荫华盖。

东川深深吸了几口气，更加小心地进入人字形隧道。隧道内光线阴暗，根本看不清脚下的乱石，只能用脚一点点蹚着前进，一点点试探着落脚，甚至连树枝的落点都要小心确认。

全神贯注之下，真的忘记走了多远。

在隧道的一个转弯处，脚下的乱石消失了，湖水也变浅了。

东川才松了口气，同时忍不住嘲笑了一下自己，要是会划船就不用如此辛苦了。

片刻喘息之后，东川继续前行。转过弯后，东川被眼前的景象惊呆了。十来米之外的隧道口处衔接着一片非常规则的半圆形湖面，湖水清澈见底，湖底是淡青色平滑的石面。湖水圆弧形边际是陡峭的山坡，半圆形的直径处是三级笔直的青石台阶。台阶之上三四十米远处是一长排石墙、青瓦、白色门窗的房子。房子后面是足有百米长、二十几米高的石壁，石壁上倒挂着大大小小近百个锥形体，每个锥形体底面上或长满青苔或葱郁茂盛或点点鲜艳或绿绦垂下。在房子的右前方有一座石亭，石亭的四面静静地垂挂着洁白的纱帘。

东川小心地走出隧道，就站在隧道口开始搜索第五句诗的痕迹或是不干胶贴的影子，一无所获。

东川大声说道："夏东川冒昧造访，请见主人！"

没有人回应。

东川再次大声说道："夏东川冒昧造访，请见主人！"

没有人回应。

东川慢慢地向前走了几步，第三次大声说道："夏东川冒昧造访，请见主人！"

依然没有人回应。

东川判断一定有人在此居住，可能是外出或是不愿与自己相见。没有得到主人许可进入就是非法入侵，但是这里实在是太美了，而且东川坚信这里就是《心的旅行》中描写的第五个场景。

东川大声说道："请恕夏东川无理，请求在亭中等候。"

等了几分钟之后，东川慢慢地走上第一级石阶，沿着第一级石阶慢慢走到距离石亭最近的位置，慢慢脱下鞋子，赤着脚走近石亭，隔着纱帘，东川看见石亭内一尘不染，石桌上摆着纸笔。

东川不忍心打扰石亭内的整洁，放下干树枝，绕着石亭慢走，等裤子、鞋子半干后才进入石亭。纸上写着三行工工整整的仿宋字：

若追寻《心的旅行》至此，请君暂留；

望君雅量，正视端行；

十二时，请进石屋用餐。

东川从背包里掏出《心的旅行》放在石桌上，看了看时间，还有三十一分钟，就坐在石亭里静静地等着。

十二点钟，东川走出石亭。一长排房子中间一扇白色的门正敞开着，东川径直走近，把干树枝立在门后走进房间，对应着房门的位置还有一扇白色的门。房间内一尘不染，中间放着一张木桌和一只木凳，木桌上摆着两盘青菜、一大碗白米饭、一双木筷和一张便笺。便笺上写着三行仿宋字：

素菜白饭，请君慢用；

隔壁可小憩，屋后可烹茶；

望君雅量，正视端行。

东川是真的饿了，两盘青菜和一大碗白米饭吃得干干净净。

离开房间，东川看见北侧隔壁房间的门正开着，走进去，对应着房门的位置同样有一扇白色的门。房间内一尘不染，靠着窗前的位置放着一张木桌和一把木椅，木桌上摆着一摞书和纸笔。靠着东墙摆着一张木床，挂着白纱蚊帐，床上摆着洁白的寝具。

屋后的石壁一直吸引着东川，而且东川也没有午睡的习惯，他把背包放在木桌上，关好房门，向北直行左转，映入眼帘的是一大片叫不出名字、开得正艳的花海，一条石板小路在花海中蜿蜒。沿着石板小路前进，在花海中有一间石砌的茅房。穿过花海，超出想象的美的石壁完整展现在东川的眼前。石壁下半部分倒挂着的锥形体要大一些，更加错落有致。锥形体底面上更加丰富，有刚刚破土的菌包，有盛满清水的石臼，有一棵、两棵小树的天然盆景，有七八棵小树的林荫绿地，最妙的是还有一条清澈的溪流沿着石壁缓缓流淌。

一张石桌、两把木椅，石桌上有一只陶罐、两只粗碗。陶罐下面压着一张便笺，便笺上面写着两行仿宋字：

十八时，晚餐；

望君雅量，正视端行。

石桌不远处有一口石灶，石灶上坐着一把铁壶，石灶边上的小木盒里装着两盒火柴，石灶旁整齐地摞着干树枝。

……

五点四十分，东川喝下最后一杯茶后，开始清洗铁壶、粗碗。

五点五十分，确认石灶内膛火燃尽。

六点钟，准时出发，顺着来时的路回到中午吃饭的房间。

木桌上依然是两盘青菜、一大碗白米饭、一双木筷和一张便笺。便笺上写着三行仿宋字：

君子雅量，若归程紧急，已备船待送；

若不弃陋室，隔壁可小住；

静待月圆！

东川吃完晚饭回到北侧隔壁房间，发现木桌上多了一包白色的蜡烛、一盒火柴和一座石烛台。东川关好房门，坐在木桌前闭目空灵，静静等待。

……

一阵悠扬的琴声打断了东川的空灵。

窗外已是月光漫地，东川轻轻推开窗，告诉月光和琴声自己在欣赏。

数曲终了，从石亭里缓缓走出一个白裙拖地、秀发及腰的修长侧影，莲步缓缓，在湖边凝立片刻后衣袖轻展……

东川几乎分不清是脑海中的画面还是眼前的实景，好像是月中的嫦娥在翩翩起舞，又好像是舒桐在教孩子们跳舞……

东川缓缓地闭上双眼，不忍心去看舞者最后的归处。

……

农历十六。

东川醒得很早，但是没有离开房间，害怕出去会撞见昨夜的白衣舞者，不想去打破已经在脑海中凝固的美丽和感觉。

大约在五点五十几分，东川听见隔壁传来轻微的脚步声和碗盘落在木桌上的声音。

六点钟，东川离开房间。

南侧隔壁房间的门敞开着，走进去，木桌上粗碗中的白米粥正散发袅袅的热气。

一张便笺上只画了一个问号。

这个问号让东川很疑惑，是自己做过什么还是自己应该做什么而没做呢？

东川根本不知道昨晚在自己闭上双眼之后发生的事情。

白衣舞者跳完舞之后曾向东川微笑招手，东川毫无反应；白衣舞者轻步走近窗前，看见东川紧闭双眼，以为东川被吓到了，转身悄然离去。

白衣舞者的疑惑是：一个能参透书中秘密并能找到这里的

人，其智力和胆识一定超出常人，进入这里之后的一切行为都表现出了谦谦君子的风范。这样的一个人为什么要闭上眼睛，是自己的舞姿不够优美吗？还是只为寻景而来？还是另有隐情？

……

东川真的非常喜欢这里的一切和感觉，而且一个问号绝对不可能代表逐客令。

东川吃过早饭后直接去了昨天喝茶的地方，生火、煮茶、独品，静静享受着自己心中的愉悦。

十一点四十分，东川喝下最后一杯茶，开始清洗干净铁壶、粗碗。

十一点五十分，确认石灶内膛火燃尽。

十二点，准时出发，顺着同样的路回到吃饭的房间。木桌上两盘青菜、一大碗白米饭、一双木筷。

没看到便笺，东川的心里宽慰了许多，理解为——此间主人暂无逐客之意。

吃过午饭，东川开始了昨天的循环。

……

十五的月亮十六圆。

月光中的琴声更加悦耳，月光下的舞姿更加优美。

……

农历十七。

东川依然醒得很早，依然没有离开房间，依然害怕出去会撞见昨夜的白衣舞者，甚至有些担心早餐的木桌上会出现逐客的便笺。

……

月满则亏。

东川的心乱了，无法进入空灵状态，静静等待中掺杂了焦虑。

月光之下，白衣舞者第三次衣袖渐起的时候，东川再也看不到嫦娥的影子，满眼都是舒桐的一举一动。

两行热泪缓缓滚落。

……

不知过了多久，一个轻柔的声音在窗前问道："你，害怕我是鬼吗？"

东川闭着双眼，带着悲伤缓缓说出了心声："我甚至希望你真的是鬼，可以帮我去另一个世界看看，我爱的人，她还好吗？"

良久，轻柔的声音缓缓说道："我也希望我是鬼，可以帮你去另一个世界看看，你爱的人，是什么样子。"

良久，东川说道："如果打扰，我现在就离开。"

"三年的时间，我一共发出了九千九百九十九本《心的旅行》，只有你找到了这里。"

"是一个玩笑吗？"

"是寻找值得我爱的人。"

"很抱歉，让你失望了。"

"夏东川，失望应该是由我来定义吧？"

东川轻轻地点了点头。

"夏东川，你闭着双眼和我聊天不礼貌吧？"

东川急忙睁开双眼，站起来，快步走出房间，满满歉意地说道："是我太无礼了，我真诚向你道歉！"

"哈哈，我原谅你了，我叫陈晨。"

"陈晨，感谢你邮寄给图书馆的书，感谢你给了我一次心的旅行的机会，感谢你让我住在这里，我之前甚至想象不到会有这么美丽的地方。"

陈晨认真地说道："夏东川，告诉你一个秘密，这里只有你和我。"

"我马上离开。"

东川转身走进房间背起背包的时候，陈晨笑着说道："从你进入这里的那一刻起，就只有你和我。"

东川立刻明白便笺上"望君雅量，正视端行"的用意了。一个女生单独面对一个陌生男生的压力可想而知。

"夏东川，现在是你害怕我吗？"

东川轻轻地摇了摇头。

"你说了那么多感谢，不想留下来保护我吗？"

东川被这个问题难住了。

"哈哈，夏东川，陪我去喝杯茶吧。"

……

东川煮的茶，陈晨非常满意。

时间在静默中慢慢消逝。

东川心如止水，仿佛天地之间只有两杯清茶。

陈晨心生喜悦，仿佛是在品尝世间最甜美的蜜露。

一杯茶冷了，东川才看去：月光之下，陈晨嘴角挂着醉人的微笑睡着了。

东川不想打扰陈晨的甜梦又担心夜露风寒，用双手轻轻托起陈晨的时候，陈晨将头轻轻枕进了东川的怀里……

房间内，陈晨做着最甜美的梦。

窗外，东川静坐着，迎来了最美的朝阳。

……